울림

살며 사랑하며 배우며

BOOKQUAKE

"감사의 바다에서 위로를 얻고
사랑의 대지에서 행복을 느끼다."

나의 삶 중 많은 부분이 가족들과의 추억으로 연결되어 있고
가족들의 사랑으로 채워져 있다.
그 중 아버지와 함께 했던 삶은 지금 나의 근간이며
어머니의 사랑은 원동력이다.
아내의 지지는 나의 추진력이며
아이들의 존재는 내 삶의 의미이다.

더불어
나의 인생에서 마주친 수많은 인연들은
내 삶의 빛과 소금이다.
그래서 그 모든 것들이 나에게는

행복이다!

차례

가족이 남겨준 소중한 자산

프
롤
로
그

세월이 참 빠르기도 합니다. 가로수에 연녹색 새잎이 돋아나던
것이 엊그제 같더니, 벌써 찬바람이 옷깃을 여미게 하는 겨울의
초입이자, 한해의 마지막 달입니다. 그리고 그 세월이 더하여,
2020년 올해로 신현준이 배우라는 이름으로 다시 태어난 지
31년째가 됩니다. 그 세월 속에서 나는 배우, 방송인, 교수로서
참으로 치열하게 살아왔습니다. 배우로서는 한 자리에 머물지
않고 장르를 넘나들면서 끊임없이 변신을 꾀해 왔으며,
방송인으로서는 남들의 이야기에 귀를 기울이면서 울고 웃어
왔습니다. 교수로서의 커리어 역시 그러합니다. 틀에 얽매이지
않고 시대에 맞는 가르침을 주고자 열심히 노력해 왔습니다.
개인적으로 이룬 큰 성과도 있습니다. 남들보다 늦었지만 사랑하는
아내를 만나 가족을 이루었으며, 사랑스런 두 아이의 아빠가

울림

되었습니다. 이 모든 성과는 절대로 나 혼자 이룬 것이 아니며, 나 혼자서 이룰 수도 없는 것들이었습니다. 수많은 은혜와 사랑이 있었기에 가능한 일이었습니다. 그래서 늘 그 고마움을 잊지 않고 감사하는 마음으로 살아가고 있습니다. 어떤 시인은 젊은 시절, '나를 키운 것은 팔 할이 바람이었다.'고 했습니다. 하지만 그 말은 문학적 수사일 뿐, 어찌 사람이 사람답게 성장하는데 바람이 팔십 퍼센트나 작용하겠습니까? 가끔은 그 시를 읽으면서, 과연 지금까지 나를 키운 것은 무엇이었을까 하고 생각해 봅니다.

돌이켜 보면 나를 오늘날까지 키워온 큰 울림이 여럿 있었던 것 같습니다. 첫째가 가족과 신앙의 울림입니다. 부모님은 넘치는 사랑과 교육으로 나의 근본을 만들어 주셨습니다. 새로 이룬 나의 아내와 아이들은 언제나 나의 편이 되어 용기를 줍니다.
부모님으로부터 전수된 신앙은, 내가 힘들고 어려울 때마다
새로운 세상을 보여주심으로써 나를 일으켜 세웠습니다. 두
번째는 내가 살아오면서 만났던 소중한 사람들의 울림입니다.
남녀노소를 막론하고 그들로부터 배운 삶의 지혜는 흔들릴 때마다
나를 지탱해 주었습니다. 심지어 바람직하지 않은 행동을 하는
사람들로부터도 지혜를 얻을 수 있었으니, '나는 그렇게 하지
말아야지.'하고 반면교사(反面敎師)로 삼았던 것들이 그것입니다.
세 번째는 내가 살고 있는 사회와 자연으로부터 받은 울림입니다.
사회 현상이나 자연의 섭리 같은 것들을 자세히 들여다보면 그
안에 엄청난 삶의 교훈이 들어 있습니다. 나태주 시인은 '자세히
보아야 예쁘다.'라고 했습니다. 나는 이 말을 차용하여, '자세히
보면 교훈이 있다.'라고 하고 싶습니다.

울림

가르침을 얻을 때마다 이 울림들은 나에게 삶의 기반을 주고
어려울 때마다 나를 일으켜 지탱해주었습니다. 그래서 언젠가는
그 고마움들을 많은 사람들과 나누고 싶다는 생각을 해왔습니다.
하지만 일에 치여 그런 내 생각들을 글로 옮길 짬이 잘 나지
않았습니다. 그러던 중이었습니다. 이미 아시는 분은 아시겠지만
최근 나에게 힘든 일이 있었습니다. 그 일이 너무나 황당하고
억울하여, 한때 우리 가족 모두가 충격에 빠지기도 했습니다.
사실이든 아니든, 연예인으로서의 책임을 다하기 위해 나는 일단
결정을 하지 않을 수 없었습니다. 제작진들을 설득하여 출연하고
있던 방송활동을 모두 잠정 하차한 것입니다. 그리고 가족과 함께
하나님께 억울함을 호소하고 우리 가족이 극복할 힘을 주십사
하고 기도했습니다. 몇 날 며칠을 그렇게 간절하게 기도를 드리던
중이었습니다. 문득 그 일은 나로 하여금, 잠시 하던 일을 멈추고

자신을 돌아볼 기회를 가지라는 주님의 뜻이라는 강렬한 느낌을
받게 되었습니다.

주님의 뜻에 따라 조용히 묵상하면서, 어린 시절부터 지금까지의
내 삶을 찬찬히 반추해 보았습니다. 그랬더니 그 동안 나에게
큰 은혜와 가르침을 주었던 부모님, 내가 만난 사람들 그리고
지나치면서 은근하게 나를 경책했던 그 모든 것들에 대한
감사의 마음 자주 잊고 살아왔다는 생각이 들었습니다. 더불어
참담하기만 했던 마음이 서서히 제자리로 돌아오기 시작했습니다.
'아, 그래서 하나님이 나에게 이런 시간을 주셨구나.'라고 느낀
순간, 어느새 나는 펜을 들고 생각나는 대로 메모지에 기록하고
있었습니다. 그렇게 모인 기록을 분류하고 첨삭하여 정리한 글들을
다시 읽던 중이었습니다. 내가 경험했던 이 모든 은혜를 언젠가는
많은 사람들과 함께 나누고자 했던 일이 떠올랐습니다. 그러자

지금의 출판사에서 오래전에 원고청탁을 해 온 일도 생각났습니다.
다행히도 출판사에서 내 원고를 검토한 후 기꺼이 출판해 주기로
했습니다. 아내와 스태프들도 기쁜 마음으로 출판을 지지해
주었습니다.

이 책은 크게 2개의 카테고리로 이루어져 있습니다. 첫째가
가족으로부터 얻은 울림입니다. 둘째는 내가 살아오면서 만난
사람들이 준 가르침과 내가 살아가는 사회와 자연으로부터
얻은 울림입니다. 사람들은 많은 것들로부터 울림을 받으면서
살아갑니다. 울림이란 외적 자극이 마음에 닿아 감동을 일으키고
지혜를 주는 것입니다. 위대한 인물은 물론이고 미물이라고 부르는
하찮은 것들도 우리에게 울림을 줍니다. 때로는 우리를 깨우치는
소중한 울림을 지나칠 수도 있습니다. 하나님이 주시는 울림,

사람이 주는 울림, 자연이 주는 울림 등 많은 울림 하나하나를 놓치지 않을 때 우리는 비로소 삶의 지혜를 경험할 수 있습니다. 하지만 거짓에는 울림이 없습니다. 오로지 참에만 울림이 있습니다.

미흡하지만 부디 나의 소중한 경험들을 엮은 이 책이 독자들의 삶에 조금이라도 도움이 되었으면 합니다. 이 책이 세상에 나올 수 있도록 기회를 주신 하나님께 감사합니다. 나에게 소중한 가르침을 주신 여러분들에게도 감사합니다. 먼 곳에 가 계시지만 늘 그립고 보고 싶은 아버지, 아들을 위해 밤낮으로 기도해주시는 어머니, 혜선, 혜일, 승희 누나, 장인어른, 장모님, 임권택 감독님, 국명호 목사님, 강준수 목사님, 조하문 목사님, 염동철 목사님, 신규철 원장님, 신영철 교수님, 배우 박중훈 선배님, 김형구 차장님,

진문화 대표님, 양혁감독, 이희목 경감님, 양재웅 원장, 이관용, 남규,
준혁, 정이, 강난희 실장님, 조용재 대표님 그리고 저를 위해 기도해
주시는 모든 분들께 감사드립니다. 글을 쓰는 동안 용기와 힘을
준 사랑하는 아내와 두 아들 민준이와 예준이에게도 감사합니다.
모두 감사합니다. 그리고 사랑합니다.

—

한해의 끄트머리에서
신현준

가족이 남겨준 소중한 자산

서로 맺어져 하나가 되어 있다는 것이
정말 이 세상에서의 유일한 행복이다.
_퀴리부인

가장 가까운
스승은 부모

『내가 정말 알아야 할 모든 것은 유치원에서 배웠다』라는
베스트셀러가 있습니다. 로버트 풀검(Robert Fulghum)이 쓴
책입니다. 그는 이 책을 통하여 일상의 소소한 사건과 경험, 그리고
이웃의 소박한 삶에서 인생의 진리를 찾아내어 담담한 문장으로
우리를 감동시킨 바 있습니다. 진리란 결국 큰 곳에 있지 않고
우리의 생활 속에서 늘 함께 하는 것이며, 한 사람의 사회성과
인간다움 등 근본은 어렸을 때의 경험으로 갖추어진다는 사실을
그는 이 책을 통해 주창하고 있습니다.

전 세계의 수많은 독자들로부터 공감을 얻어낸 그의 주장에
더하여, 나는 '내가 알아야 할 모든 것은 부모님으로부터
배웠다.'라는 말을 더하고 싶습니다. 한 사람의 인생관은
청소년기에 확립된다고들 합니다. 하지만 그 시기의 가치관과

가족이 남겨준 소중한 자산

인생관이 구체화될 뿐이지, 근본 바탕은 대체로 어린 시절에 익힌 부모의 가르침과 가정환경에 의해 정립된다고 생각합니다. 나만의 경우일지는 모르지만 돌이켜보면 지금까지 나를 지탱하고 있는 삶의 가치관과 감수성은 모두 부모님의 가르침에 의해 다져진 것입니다. 부모님과 가족 그리고 주변 환경이 나에게 어떻게 살아야 하는지를 일찌감치 깨우쳐 준 것입니다.

조선 영조 때 김수팽이라는 분이 있었습니다. 젊은 시절, 호조에서 그리 높지 않은 서리란 관직에 있을 때였습니다. 급한 문제로 결재를 받을 일이 있어 호조판서를 찾았습니다. 그런데 판서는 바둑을 두는 중이니 좀 기다리라고 합니다. 시간이 지나도 판서로부터 들어오라는 말이 없자, 김수팽은 불문곡직하고 방으로 들어가 바둑판을 엎어버립니다.

"분초를 다투는 나랏일인지라 미룰 수 없어 이 같은 결례를 범하였으니 용서하십시오. 이렇게 결재를 청하오니, 이제 앞으로의 제 소임은 다른 서리를 통하여 실행하게 하십시오."

예의를 지키지 못했으니 자리를 떠나겠다는 말이었습니다. 김수팽의 이런 책임감과 강직함은 부모님으로부터 익힌 것이었습니다. 김수팽의

아버지 역시 청렴하고 강직한 분이었고 넉넉지 않은 집안에 시집 온
그의 어머니 역시 갖은 고생을 하면서도 선비 집안의 품위를 잃지
않았습니다. 어느 날이었습니다. 가난에 쪼들리던 김수팽의 어머니가
어쩌다가 부엌 바닥에 묻혀 있던 패물 항아리를 발견했습니다. 하지만
그녀는 항아리를 그 자리에 다시 묻어두고 남편과 상의하여 이사를
하고 맙니다.

"갑자기 재물이 늘어나는 것은 상서로운 일이 아니다. 이사를 한
이유는 그 패물의 유혹을 떨치기 위함이었으며, 이는 남편의 뜻이기도
했다."

김수팽의 어머니가 한 말입니다. 이런 일도 있었습니다.
김수팽이 하급 관리였던 동생 집을 방문했을 때였습니다. 제수가
살림살이에 보태려고 염색 일을 하고 있는 모습을 보고 김수팽은
그날 저녁 대뜸 동생을 호출하여 나무랐습니다. 부족하면 아끼고
살 일이지 어찌하여 백성들의 일거리까지 넘보느냐는 것이 그
이유였습니다. 이처럼 당대는 물론이고 오늘날까지도 김수팽이란
분이 청백리의 대명사로 길이 이름을 남기고 있는 바탕은 딱 하나.
부모님의 실천적 교육에서 비롯된 것입니다.

가족이 남겨준 소중한 자산

오늘날 만연해 있는 황금만능주의가 우리 사회에서 일어나고 있는 갈등의 가장 큰 원인으로 지목되고 있습니다. 그렇다면 갈등을 푸는 방법은 없을까요? 해법은 아주 가까운 곳에 있을지도 모릅니다. 자녀를 가진 모든 부모의 올바른 실천적 가르침이 근본 해결책입니다. 지금까지 우리 부모들은 자녀들에게 함께 살아가는 법보다, 혼자서만 우뚝 서는 법에만 치중하여 가르쳐 왔습니다.

'한 우물만 파라.'
'역경을 이겨내고 노력하면 원하는 목적을 이룰 수 있다.'

자녀들은 이 말을 믿었고, 그 결과 자신이 꿈꾸던 세상을 맞은 이들도 많았습니다. 더러는 권력을 움켜쥐기도 했고, 많은 재산을 모으기도 했으며, 세상에 제 이름을 널리 알리기도 했습니다. 그러나 불행하게도 이들 중 일부는 부정과 비리에 연루된 사람들이기도 합니다. 한때는 자신이 지향했던 목적지에 도달하여 스스로 대견해했었을 것이며, 주위로부터도 칭송과 부러움을 받았던 그들. 무엇이 그들을 나락으로 인도하였을까요? 부모와 세상이 이들에게 목적지로 가는 방법만 가르쳤을 뿐, 그들에게 사람이 살아가는 삶의 본령에는 등한시했던 것이 가장 큰 원인입니다. 크게는 우리 전체 사회에도 책임이 있지만 책임

울림

소재지를 더 좁혀 본다면 세상의 많은 부모들에게 귀착됩니다.
자고로, 사람이 살아가는 방법을 모두 부모로부터 배우기
때문입니다. 따라서 세상의 모든 부모들은 사회 혼탁에 대한
책임을 남에게만 전가해서는 안 됩니다.

건전하고 화목한 가정 그리고 깨끗하고 밝은 사회를 유지하기
위해서는, 나를 비롯한 모든 부모들은 남을 탓하기 전에 스스로
자신의 삶을 돌아보아야 합니다. 세상에 내보낸 자식들에게
사람다운 사람이 되는 법을 가르치는 일에는 등한시하고 출세와
영달을 위해 수단과 방법을 가리지 않고 경쟁하는 법만을
강요하지 않았는지 되돌아보고 반성해야 합니다. 배려하는
법과 나누면서 더불어 사는 법은 깨우치지 않고 오로지 내
자식만 홀로 우뚝 서기를 바라는 것은 아닌지 깊이 되돌아보고
회개해야 합니다. 언제나 사랑으로서 남과 함께 살아가는 방법을
가르쳐 주셨던 부모님을 생각하면서, 나 또한 그렇게 살아가기를
희망합니다.

가족이 남겨준 소중한 자산

말하기 전에 듣기

가시고기라는 물고기가 있습니다. 특이하게도 알들이 부화할
때까지 아비물고기가 계속 입 속에 문 채 바위틈에 몸을 숨기고
있다지요. 물속에 수없이 존재하는 적들로부터 새끼들을 보호하기
위한 하나의 방법이랍니다. 아무것도 먹을 수 없는 건 당연한 일.
부화한 새끼들이 떠나면 비로소 아비물고기는 자유의 몸이 되지만
곧 기력이 쇠잔하여 쓸쓸한 죽음을 맞이한다는 조금 서글픈
이야기입니다.

아버지가 우리 곁을 떠나셨습니다. 주위의 모든 분들이
호상(好喪)이라고들 했습니다. 나 또한 그리 스스로를 위로했습니다.
'만남은 이별을 전제로 한다.'는 말은 부모자식 간에도 틀림없이
통용되는 것이니까요. 그간 우리 4남매와 어머니는 서서히

울림

아버지를 떠나보내실 준비를 해왔습니다. 노환으로 힘에
부치시는 아버지를, 병으로 고통스러워하는 아버지를, 언제까지나
함께 하자고 할 수 없지 않습니까. 아버지 또한 진실로 고통과
질곡(桎梏)으로부터 자유롭기를 원하셨을 것입니다.

병마와 싸우시던 아버지의 잠든 모습을 가만히 내려다 본 적이
있습니다. 그리도 탄탄하고 수려했던 모습은 간 데 없었습니다.
창백한 피부에 온몸에는 뼈만 남아 앙상했으며, 얼굴엔 저승꽃만
군데군데 자리 잡고 있었습니다. 최근 몇 년간 극심한 통증과
싸우시느라 이젠 지칠 대로 지쳐버린 나의 아버지. 순간 새끼들을
부화시킨 후 물풀과 이끼가 무성한 개울에서 물결에 이리저리
몸을 맡긴 채, 죽음만 기다리는 가시고기가 아버지의 얼굴에
비춰지자 왈칵 눈물이 쏟아졌습니다. 호상이었던 것은 분명합니다.
그러나 곰곰이 생각해 봅니다. 그간 내가 부모님에 대한 은혜를
잠시라도 잊고 살지나 않았는지…….

돌이켜보면 아버지는 언제나 나의 지지자이자 부양자였으며
또한 친구도 되어주셨습니다. 오랜 기간 군 생활을 하신 탓으로
매사에 절도와 질서가 몸에 배어 있었지만 자식들에게는 한없이
너ㄴ러우셨습니다. 긴 군 생활 끝에 대령으로 예편한 후, 아버지는

가족이 남겨준 소중한 자산

울림

건설업에 뛰어들었습니다. 항상 성실하고 꼼꼼했던 아버지는 회사 역시 건실하고 성실하게 운영해 오셨습니다. 그러면서도 가족과의 소중한 시간, 잊지 못할 좋은 추억들을 많이 만들어 주셨습니다. 그렇게 성실하게 열심히 사셨던 아버지는 가장 믿었던 후배의 배신으로 결국 무너지고 말았습니다. 원리와 원칙에 따라 항상 꼿꼿하게 살아왔던 아버지에게 배신의 충격은 너무나 컸습니다. 손이 떨리고 말이 없는 증상이 시작되더니, 어느새 파킨슨병으로 진행되고 있었습니다. 이후, 아버지는 무려 6년이라는 긴 세월을 병마와 투쟁해 왔습니다. 그 기간이 아버지에게는 물론 우리 가족들에게 힘든 시간이었지만 한편으로는 너무나도 소중한 시간이기도 했습니다. 거의 매일 아버지와 함께 할 수 있었으니까요.

아버지가 위중하시다는 소식을 처음으로 접한 것은 영화를 촬영하고 있을 때였습니다. 전화를 받자마자 촬영을 접고 부리나케 병원을 향해 차를 몰았습니다. 가는 동안에 오만가지 생각이 다 떠올랐습니다. 무엇보다, 아버지가 이제 우리 곁을 떠나려하시는구나 하는 생각이 들자, 너무나 서럽고 두려웠습니다. 아니나 다를까, 병원에 도착하니 담당의사가 나에게 청천벽력 같은 말을 했습니다.

가족이 남겨준 소중한 자산

"상태가 매우 위중하니 마음의 준비를 하세요. 가족
　　분들에게도 빨리 연락하시고요."

전갈을 받은 어머니와 누나들을 비롯한 가족들도 황급히 병원에
도착했습니다. 하지만 안타깝게도, 아버지는 우리에게 마지막
말씀을 남길 수 없었습니다. 의식불명 상태였기 때문이었습니다.
내가 다니는 교회 목사님 두 분이 마지막으로 아버지를 위해
기도를 해 주셨습니다. 우리 가족들은 눈물을 흘리면서 함께
찬송을 했습니다. 기도가 끝난 다음이었습니다. 그 중 한 분의
목사님이 아버지한테 이렇게 물어보셨습니다.

　　"이제 곧 천국에 가서 하나님 만나실 텐데 하나님을 믿으시죠?"

의식이 없는 아버지가 대답할 리 만무했습니다. 그 모습을 보면서
우리는 또 서럽게 울었습니다.

아버지는 입원 중에 종종 가족들을 병원으로 부르곤 하셨습니다.
그 사이에 조금씩 회복하는 모습을 보이기도 했는데 이상하게도
이번에는 정말 아버지가 돌아가시려나보다 하는 생각이
들었습니다. 아버지께 너무 해드린 것이 없다는 죄송한 마음이

　　　　　울림

들기 시작했습니다. 아버지의 유일한 아들로서, 혼기를 넘기어
손자 한번 안겨드리지 못한 것이 너무나 죄송스러웠습니다.
누나들이 집으로 돌아가고 아버지와 단둘이 있을 때였습니다.
갑자기 눈물이 쏟아졌습니다. 펑펑 눈물을 흘리면서 아버지의
가느다란 손을 잡고 말했습니다.

"아버지, 사실 저, 여자 친구가 미국에 있어요. 근데 아버지한테
소개를 못했어요. 아버지! 조금만 기다려 주실 수 있지요?
늘 제가 결혼할 여자를 보지 않고는 세상을 떠나지 않겠다고
했잖아요. 내 여자 친구 볼 때까지 조금만 기다려주세요.
아버진 어렸을 때부터 저와 한 약속을 모두 지켜 주셨잖아요!"

그 순간이었습니다. 전혀 의식이 없었던 아버지가 손가락을
움직이시더니 내 손을 잡는 겁니다. 내 말을 들으신 것이었습니다.
기쁨으로 온몸에 소름이 확 돋으면서 눈물이 왈칵 쏟아졌습니다.

"아버지! 고마워요. 이번에도 약속 꼭 지켜 주세요. 제발 조금만
더 버텨 주세요."

곧바로 미국 보스턴에 있는 여자 친구에게 전화했습니다.

가족이 남겨준 소중한 자산

첼리스트인 그녀는 당시 공연 스케줄 때문에 한국으로 오기 힘든 상황이었습니다. 그런데도 그녀는 모든 일정을 정리하고 서울로 온다고 했습니다. 너무나 고마웠습니다. 보스턴에서 서울까지 여정은 16시간 입니다. 나는 그 사이에 아버지가 그녀를 보지 못하고 떠나실까봐 마음을 졸여야만 했습니다. 거의 미동도 없으신 채, 목에 단 호흡기를 통해 겨우 숨만 쉬고 계셨거든요.

지금의 아내인 여자 친구는 도착하자마자 아버지의 손을 잡고 울기 시작했습니다. 연애시절에 여자 친구에게 아버지의 건강하고 멋진 모습의 사진을 보여 준 적이 있었습니다. 그런데 이제 이렇게 아픈 모습을 보여 드린다는 게 너무 서글펐습니다. 정말 열정이 넘치시고 활발한 분이셨는데……. 미동도 하지 않은 채, 눈을 감고 누워 있는 아버지의 손을 잡고 이렇게 말했습니다.

"아버지, 제가 너무 사랑하는 여자가 왔어요."

그런데 그 순간 또 기적 같은 일이 일어났습니다. 아버지가 눈을 조금 뜨시더니 나를 쳐다보는 것이었습니다. 그리고 손을 살짝 움직이시면서 침대를 올려 달라고 몸짓을 하시는 겁니다.

가족이 남겨준 소중한 자산

'이게 뭐지? 꿈인가? 아버지가 움직이시다니!'

더욱 놀라운 것은, 파킨슨병을 앓고 있는 아버지는 그동안 입을
다물지 못했는데 입을 애써 다무시고 여자 친구를 향해 "허허."
하고 웃으시면서 가까이 오라고 손짓하셨습니다. 훗날 당신의
며느리가 될 여자 친구에게 좋은 모습을 보여주고 싶으셨나
봅니다. 그녀가 다가가자 손을 꼭 잡아 주셨습니다. 정말 기적과
같은 일이었습니다.

'이게 바로 기적이구나. 이게 아버지의 마음이구나. 아들의
부탁을 들어주려고 이렇게 힘을 내셨구나. 아들이 마지막
부탁을 하니까 다시 견뎌 주시는구나!'

아버지는 내가 어렸을 때부터 나와 한 약속은 어기지 않고
틀림없이 지켜주셨습니다. 이번에도 다시 그 힘든 시간을 이틀
동안이나 버텨 주셨습니다. 병원에서는 몇 시간밖에 안 남았다고
했는데 아버지는 기어이 나와의 약속을 지켜 주셨습니다. 매순간
아버지는 온 힘을 다하여 내 말에 귀를 기울이고 있었던 것입니다.
아버지에게 감사했던 적이 수없이 많았지만 그 때가 가장 감사했던
순간이었습니다.

이렇게 아버지는 마지막까지도 나에게 큰 교훈을 주고 가셨습니다. 사람의 귀는 어느 경우에나 활짝 열려 있으며, 모든 감각 중에 듣기가 마음을 주고받는 감각이라는 것을요. 사실, 우리는 귀가 아닌 눈으로 모든 것을 본다고 생각합니다. 하지만 눈은 내면적인 것보다는 피상적인 것에만 치우칠 수 있습니다. 귀는 밖으로 향하는 눈보다 늘 내면적인 부분, 즉 마음에 집중하거든요. 아버지는 눈은 감고 있었지만 귀는 열어놓고 있었기에 내 말을 들을 수 있었던 것입니다.

듣는 것이 얼마나 중요한가는 무성영화 시대의 귀재 찰리 채플린의 작품에서도 증명됩니다. 그의 초기 작품은 문자 그대로 '소리'라고는 하나도 없는 무성영화(無聲映畵)였습니다. 대중들은 사진이 움직이는 활동사진에 대한 호기심으로 극장으로 몰려들었으나, 금세 싫증을 내고 발걸음을 멈추었습니다. 채플린은 이에 대한 타개책으로 자막을 넣었습니다. 잠시 효과를 보는 듯했으나, 대중들은 다시 싫증을 내고 맙니다. 눈만으로는 관객들의 욕구를 충족시킬 수 없었기 때문입니다. 채플린은 고민 끝에 배경음악을 넣기로 합니다. 비록 현재의 영화 같은 대사나 효과음은 없었지만 다시 관객들이 모여들었고 <모던타임스Modern Times> 같은 걸작이 탄생하게 되었습니다.

가족이 남겨준 소중한 자산

일제강점기 시절 나운규의 <아리랑> 같은 무성영화에 변사가
등장한 것도 같은 이치입니다. 이처럼 청각은 우리 인간에게 늘
열려 있는, 상대의 마음을 가장 잘 이해하는 감각인 것입니다.

그랬기에 하나님도 끊임없이 들으라고 말씀하십니다. '모세오경'과
'예레미야서'에서는 하나님의 말씀을 들으라는 말이 줄기차게
나옵니다. 하나님은 자신의 말에 귀를 기울이지 않는 이스라엘
백성들에게 시종일관 분노하십니다. 기도란, 하나님의 말씀을
통해 하나님의 뜻을 듣는 일입니다. 하나님의 뜻을 알아듣고
실천해야만 그 기도가 이루어집니다. 예수님도 '마태복음'과
'마가복음'을 통해 여러 차례 '들을 귀 있는 자는 들으라'고
말씀하시어, 우리 인간의 내면에 호소하셨습니다.

귀는 늘 열려 있습니다. 우리의 귀는 늘 상대방의 말을 듣고 소통할
준비를 갖추고 있습니다. 심지어 어머니 뱃속에 있는 태아마저
귀를 열어놓고 있습니다. 상대방에게 나쁜 말이나 부정적인 말을
해서는 안 될 이유가 여기에 있습니다. 그래서 말을 하기 전에
먼저 상대방의 말부터 진지하게 들어주어야 합니다. 그래야만
마음이 통하여 서로 대화다운 대화를 할 수 있게 됩니다. 나는
아이가 아무리 큰 잘못을 하더라도, 나무라기 전에 충분히

아이의 말을 들으려고 합니다. 나무라고 혼부터 내면 아이는 귀를 닫습니다. 귀를 닫으면 마음마저 닫힙니다. 마음을 닫으면 소통이 불가능해집니다. 소통이 불가한 상태에서는 아무리 좋은 말도 소용이 없습니다.

마음을 열고 듣기, 내 아버지가 남겨주신 마지막 교훈입니다.

가족이 남겨준 소중한 자산

사랑이 낳은 기적

이후에도 믿을 수 없는 기적이 또 일어났습니다. 아내를 만난 이후, 금방 돌아가실 것 같았던 아버지가 일 년을 저희 곁에 더 계셔 주셨습니다. 영화에나 나올 법한 일이 실제로 저희 가족에게 벌어진 것입니다. 아버지가 계셨던 병원의 원장 선생님은 아직도 이렇게 말합니다.

"정말 기적입니다. 아들과 며느리를 보겠다는 의지와 희망이 아버님을 살렸습니다. 이런 상황은 도저히 의학적으로는 설명이 안 됩니다. 현준 씨 아버진 참 강인하시고 대단하신 분이세요."

며느리 될 사람을 꼭 보고 싶다는 소망으로 이틀을 버티셨다면

그 다음에는 내가 결혼해서 함께 살아가는 모습을 보고 싶다는
소망이 아버지를 더 버티게 했던 것입니다. 오로지 아들이
결혼하는 모습을 보고 싶다는 그 소망, 그 기쁨으로 아버지는 일
년을 더 우리 곁에 있었던 것입니다. 아버지의 그 마음이 너무
고마워서 나는 혼인신고부터 먼저 했습니다. 우리가 부부가 된
것을 하루라도 더 빨리 보여 드리고 싶었기 때문입니다.

"아버지! 저희 혼인신고 했습니다!"

혼인신고를 마치고 이렇게 말씀을 드렸더니, 아버지가 바로
반응하셨습니다. 너무 기쁘다는 표정이었지요. 그렇게 힘든
몸으로도 우리 부부가 하나가 된 것에 대한 반가움과 기쁨을
표현하신 것입니다. 그 이후, 고맙게도 아내는 극진하게 아버지의
병간호를 도맡아 했습니다. 그것만 해도 너무 고마웠는데 아내는
또 너무 고마운 제안을 해왔습니다.

"아버지가 얼마나 살아 계실지 모르니까, 우리가 결혼하면 방
하나를 아예 아버지 병실로 만들어 모시면 어떨까요?"

요즘 시대에서는 아무나 쉽게 할 수 있는 생각이 아니었습니다.

가족이 남겨준 소중한 자산

나는 그런 아내가 너무 고마워서 꼭 안아주었습니다. 결국 신혼집 방 하나를 병실로 만들었으며, 병원에서 지내던 것처럼 아버지를 극진하게 모셨습니다. 아버지는 그렇게 일 년을 더 사셨고 우리 결혼식에까지 참석하셨습니다. 우리 결혼식 사진에 나온 아버지의 모습을 보면 아직도 가슴이 뭉클합니다.

사랑은 기적을 낳는다는 말이 있지요? 사실이더라고요. 모든 사람들이 사랑의 기적을 믿으면 좋겠습니다. 한 없이 사랑하십시오. 그러면 기적이 나타납니다.

아버지는 내가 어렸을 때부터 약속을 지키려고 노력하셨습니다. 그리고 돌아가실 때까지도 나와의 약속을 지켜주셨으니, 그 고마움을 어찌 말로 다 표현할 수 있을까요? 아버지는 늘 나에게 "아들!"이라는 호칭을 즐겨 사용하셨습니다. 병원에 계실 때에도, 집에서 모실 때에도 자주 "아들, 사랑해, 고마워."라고 하곤 하셨습니다.

집에서 모시던 중이었습니다. 갑자기 건강이 악화되어 아버지를 다시 병원에 모시게 되었습니다. 날로 아버지의 병세가 악화되어 갔습니다. 이틀 동안 단 한마디 말씀이 없는 날도 있었습니다. '이제는 더 이상 안 되겠구나.' 하는 마음이 들었습니다. 마음이 불안해져서 매일 일을 마치자마자 병원으로 향했습니다.

울림

어느 토요일이었습니다. 매주 토요일마다 TV프로그램 <연예가중계> 생방송을 하는데 그날따라 왠지 마음이 너무 무거웠습니다. 오늘 아버지가 떠나실 수도 있다는 슬픈 예감 때문이었습니다. 그러나 나를 기다리는 수십 명의 스태프들과 동료 출연자들 그리고 예고된 프로그램을 기다리는 시청자들과의 약속을 저버릴 수 없었습니다. 불안한 마음으로 병실을 나서는데 수간호사님이 이런 말을 했습니다.

"이제 진짜로 준비를 하셔야 할 것 같아요."

그 말을 들으니 차마 발길이 떨어지지 않았습니다. 다시 병실로 들어가서 아버지께 이렇게 애원했습니다.

"아버지! 저 오늘 생방송하는 날이잖아요. 아버지! 나 방송 끝날 때까지 버텨 줘야 해요! 나 빨리 올게요. 나랑 한 약속 항상 지켜주셨잖아요. 이번에도 꼭 약속 지켜주셔야 해요."

그렇게 말씀을 드리고 병원을 나서 방송국으로 가는 동안 어찌나 눈물이 흘러나오는지요. 혹시나 내가 병원에 돌아왔을 때 아버지가 눈을 감으신 모습을 보면 어떡하지 하는 두려움,

가족이 남겨준 소중한 자산

임종을 못보고 아버지를 떠나보낼 수는 없다는 생각만 머릿속에 가득했습니다. 생방송을 마치고 정신없이 병원으로 달려갔습니다. 틀림없이 아버지가 기다려주실 거라고 믿으면서요. 역시 아버지는 약속을 지켜주셨습니다. 나를 보고나서야 눈을 감으신 것입니다. 나와 한 약속을 지키기 위해 버텨 주시고 딱 5분 후에 눈을 감으셨습니다.

지금도 아버지를 생각하면 '사랑이 기적을 낳는다.'는 말과 더불어 '약속'이란 단어가 떠오릅니다. 한번 약속하면 꼭 지켜주셨던 아버지의 그 약속이요. 그래서 나도 누구와 약속을 하면 꼭 지키려고 합니다. 사실 약속이란 사랑하는 마음을 가지지 않고는 잘 지켜지지 않는 것이잖아요. 아무튼, 이렇게 사랑의 힘은 큽니다. 사랑은 서로 약속을 지키게 하고 기적을 낳기도 합니다. 그리고 아버지와의 기적 같은 1년이란 시간을 선물해준 아내에게 감사합니다.

울림

인정받는다는 것

나는 배우입니다. 동시에 방송인이기도 합니다. 그래서 사람들은 나를 배우 또는 연예인이라고 부릅니다. 내가 영화로 처음 연예계에 데뷔한 것은 대학교 1학년 때인 스무 살 때였습니다. 오디션을 통해 임권택 감독님의 영화 <장군의 아들>에 캐스팅 된 것입니다. 우리나라 영화사에서 공개 오디션을 통해 주연과 조연을 뽑은 것은 그때가 처음이었습니다. 여러 대중매체들의 큰 관심을 끌게 된 것은 당연했고요. 공개 캐스팅은 늘 머물러 있지 않고 변화를 꾀하는 임권택 감독님의 발상 다운 파격적인 사건이었습니다. 함께 오디션을 본 박상민 배우가 주인공인 김두한 역을 맡았고, 나는 김두한의 대척점에 있는 일본 낭인 두목 '하야시' 역을 맡게 되었습니다.

가족이 남겨준 소중한 자산

영화 <장군의 아들>은 홍성유 선생님의 소설을 원작으로 한
작품이었습니다. 대학교 때 체육교육과를 다니면서, '참 남자'에
대한 이야기에 관심이 많았습니다. 그래서 홍성유 선생님의
『장군의 아들』을 읽고 등장인물들에 매료되었던 적이 있습니다.
'장군의 아들' 하면 '김두한'이지만 나는 특이하게도 '하야시'라는
캐릭터에 빠져들었습니다. 그러던 중 <장군의 아들>이란 영화에서
연기할 신인배우를 뽑는다는 기사를 접했습니다. 천재일우의
기회라고 생각하고 오디션을 보기로 했습니다. 당시 오디션 현장
생각이 납니다. 얼마나 많은 사람들이 오디션에 참가했는가 하면
경쟁률이 무려 약 2000 대 1이나 될 정도였습니다. 접수 번호에
따라 오디션이 진행되었는데 나는 거의 마지인 2000번 대의
번호표를 받았습니다. 기다리고 기다리던 중 드디어 내 차례가
되었습니다. 심사위원들 중 한 분이 왜 도전하게 되었느냐고
물었습니다. 나는 이렇게 대답했습니다.

　　"홍성유 선생님의 소설 『장군의 아들』을 읽고 하야시라는
　　인물에 매력을 느꼈습니다. 그래서 꼭 이 영화에서 하야시
　　역할을 해보고 싶습니다."

그때 심사위원 중 한 분이었던 임권택 감독님이 물었습니다.

"다들 김두환 하겠다고 왔는데 왜 넌 굳이 하야시 역을
하겠다고 하냐?"

"저는 하야시 역이 가장 매력적이라고 생각합니다."

"……."

나의 이 한 마디가 심사위원들에게 호감을 주었는지, 결국 그
역할로 캐스팅되었습니다. 너무 기뻤습니다. 영화에, 그것도 내가
가장 존경해왔던 임권택 감독님의 영화에 캐스팅이 되었다는 사실
자체만으로도 마음이 벅차올랐던 나날이었습니다. 그러나 마음 한
구석에 모종의 불안감이 크게 자리하고 있었으니, 그것은 아버지가
나의 배우생활을 지지하지 않을 것이라는 생각 때문이었습니다.

역시나 아버지는 아들이 배우가 되는 것을 강력하게 반대했습니다.
전통적인 가치를 중요시하는 집안에서 성장하였으며, 질서와
도덕을 강조하는 군대에서 오랜 기간 생활하셨던 나의 아버지.
그 시대의 아버지들이 대부분 그러했듯이, 은연 중 자유분방한
연예계에 부정적인 인식을 가지고 있었습니다. 아버지는 그저 내가
남들한테 존경을 받으면서도, 안정된 직업인 교사나 교수가 되기를
원했습니다.

아버지는 늘 나에게 자상하던 분이셨습니다. 그랬던 분이 내가
배우가 되었다고 하자, 처음으로 불같이 화를 내었습니다. 그
전까지 아버지의 그런 모습을 단 한 번도 본 적이 없었습니다.
하지만 배우가 되겠다는 나의 결심은 바뀌지 않았습니다. 아버지의
반대가 섭섭하기는 했지만 반항심은 크게 일어나지 않았습니다.
왜냐하면 그동안 아버지는 언제나 나를 지지해주셨으며, 늘 나를
사랑해주셨다는 것을 잘 알고 있었기 때문입니다. 아버지에게 내가
하고자 하는 일에 대해 인정받고 싶다는 마음뿐이었습니다. 계속
내가 고집을 부리자, 아버지는 더욱 화를 내면서 급기야 가위를
들고 나와 내 머리를 싹둑 잘라버리셨습니다. 아버지가 나한테
처음이자 마지막으로 보여준 과격한 행동이었습니다. 눈물이
났습니다. 그러나 아버지에게 크게 반항하지 않았습니다. 내
결심을 꺾지도 않았습니다. 다만 아버지로부터 내 결정을 인정받고
싶다는 마음과 함께, 언젠가는 아버지가 내 일을 인정해주시길
믿으면서 펑펑 울기만 했습니다.

내가 어느 날 갑자기 배우가 되겠다고 생각한 것은 아닙니다.
그 내력을 따지자면 초등학교 시절로 거슬러 올라가야 합니다.
아들이 배우 되는 것을 그렇게 반대하셨지만 사실 아버지는
영화광이었습니다. 어린 시절 아버지와 함께 영화를 보러 간

기억이 수없이 많거든요. 그 영향으로 일찌감치 나는 영화의
매력에 빠져들었으며, 언젠가는 영화에 관련된 일을 하고 싶다는
생각을 해왔습니다. 다만 다소 보수적인 집안 분위기에 따라,
이글거리던 욕망을 마음 깊숙한 곳에 감추고 있었을 뿐입니다.
꾹꾹 눌러 감춰두었던 영화에 대한 그 욕망이 터져 나온 것은,
배창호 감독님이 연출하신 영화 <기쁜 우리 젊은 날>에서 안성기
선배님의 뛰어난 연기에 마음을 뺏긴 이후부터였습니다. 게다가
대학에 진학한 이후 부모님들로부터 조금은 자유로워지자, 마치
화산이 폭발하듯 영화에 대한 욕망이 분출되기 시작했습니다.
시간만 나면 한양대학교나 중앙대학교에 가서 연극영화과 강의를
도강하곤 했습니다. 내가 다니던 연세대학교에는 영화나 연극을
전공하는 과가 없었기 때문입니다.
아무튼, 그렇게 머리가 반쪽이나 잘려 버렸습니다. 감히
신인배우가 감독님에게 개인적인 사정을 이야기하기란 쉽지
않습니다. 하지만 나는 솔직하게 임권택 감독님께 그간의 사정을
밝혔습니다.

"꼭 영화배우가 되고 싶은데 아버지가 이렇게 반대하십니다."

감독님은 가만히 제 말을 들으시고 나서 한참을 생각하시더니

　　　　가족이 남겨준 소중한 자산

이렇게 말씀해 주셨습니다.

"내가 한번 아버님 만나봐 줄게."

그렇게 해서 두 분이 만나게 되었습니다. 그 때 두 분이 어떤
말씀을 나누었는지 지금까지도 나는 알지 못합니다. 아버지도,
감독님도 그 때의 일에 대해 나에게 입을 굳게 다무셨기
때문입니다. 감독님과 만난 이후, 아버지는 나에게 딱 한마디
해주시고는 방으로 들어가 버리셨습니다.

"그래, 내가 어렸을 때부터 꿈꾸는 너의 모습이 있었지만 이제
배우라는 너의 꿈을 응원해주마."

아버지의 허락이 떨어졌습니다. 드디어 내가 아버지에게 인정받을
수 있게 되었구나 하는 생각이 들자, 아버지와 감독님이 그렇게
고마울 수 없었습니다. 결국 나는 다시 촬영장으로 돌아갈 수
있었으며, 대본과는 달리 짧은 머리를 한 채 하야시 역할을
해냈습니다.
영화가 개봉되는 날이었습니다. 아버지가 극장에 오셔서 내가
출연한 <장군의 아들>을 관람해 주셨습니다. 그때 워낙 경황이

없어서 아버지에게 내 연기가 어땠느냐고 물어보지 못했지만
표정만으로도 아버지가 정말 기뻐하시고 있다는 것을 알 수
있었습니다. 아버지에게 드디어 인정받을 수 있겠다고 생각하니,
나 역시 넘치는 기쁨으로 가슴이 뛰었습니다. 그 이후로도
아버지의 나에 대한 사랑과 지지는 계속되었습니다. 내가 출연하는
영화가 상영되는 날이면 아버지는 제일 아끼는 옷을 차려 입고
항상 첫 번째 관객으로 영화를 보러 와주곤 했습니다. 언제
그렇게 반대했느냐는 듯이 내가 출연하는 영화를 사랑하시고,
영화를 위해서 사는 아들을 지지하고 인정해 주신 것입니다.
내가 지금까지도 내 일에 최선에 최선을 다하는 이유 중 하나는,
나를 인정하고 지지해준 아버지의 사랑에 대해 보답해야 한다는
마음 때문입니다. 여러분들도 주변에서 누군가가 좋아하는 것에
도전하고자 한다면 잘 할 수 있도록 지지하고 응원해 주세요.
지지와 응원의 힘은 그 사람의 꿈을 이루는데 큰 보탬이 되거든요.

가족이 남겨준 소중한 자산

피그말리온 효과

나는 딸 셋, 아들 하나인 집안의 막내아들입니다. 계속 딸만
낳다가 아들 하나를 보았으니, 가족들이 얼마나 기뻤을까요?
특히 모습도 뵌 적 없는 할머니께서 가장 기뻐하셨다고 합니다.
하지만 할머니께서 아무리 기뻤다고 한들, 과연 어머니의 기쁨에
비교할 수 있었을까요? 내가 태어난 때는, 대를 이을 아들을 낳지
못하는 여자는 갖은 구박을 받았던 시대였습니다. 할머니께서도
예외는 아니었던 모양입니다. 내리 딸만 셋 낳은 어머니를 엄청
구박하셨다고 합니다. 할머니의 성격이 유독 모질었기 때문은
아니었습니다. 자고로 여자란 집안의 대를 이을 사내아이를 꼭
낳아야 한다는 것이 그 시대의 중요한 가치관이었을 뿐입니다.
어떻게든 손자를 보고 죽는다면서 엄마를 힘들게 하셨다는
할머니께서는 기어이 소원을 이루셨습니다. 하지만 나는

올림

가족이 남겨준 소중한 자산

할머니를 기억하지 못합니다. 내가 태어난 지 얼마 되지 않아 돌아가셨기 때문입니다. 아무튼, 그렇게 힘들게 얻은 아들이었기에, 어머니의 아들 사랑은 남달랐던 것 같습니다. 어릴 때 내 별명이 '엄마꼬랑지'였다고 합니다. 마치 엄마 곁을 떠나면 큰일이라도 날 것처럼, 하도 엄마만 따라다닌다고 해서 붙은 별명입니다. 초등학교에 다닐 때도 한동안 어머니가 나를 업어 통학시켜줄 정도였습니다. 내가 얼마나 어머니에게서 떨어지지 않으려고 했는가 하면 나를 업은 채 누나들 도시락을 챙기어 학교에 보낼 정도였습니다. 얼마나 무겁고 힘드셨을까요? 어머니는 아무리 힘들어도 내가 좋아하기에 참고 견뎠던 것입니다. 내 기억으로는 어머니가 단 한 번도 그렇게 달라붙는 나를 타박하거나 혼내신 적이 없습니다.

커서도 나는 어머니와 잠시도 떨어져 있지 않았습니다. 독자들이 비웃을지 모르지만 고3때에도 어머니는 독서실까지 함께 걸어가 주셨습니다. 하루도 빠지지 않고 함께 걸으면서 성경 구절도 알려주시고 응원과 위로의 말씀을 조곤조곤 들려주시곤 했습니다. 학력고사(지금의 수능시험)를 앞두고 있을 때였습니다. 며칠 전부터 너무 초조하고 불안했습니다. 당일 아침까지도 그 불안감은 사라지지 않았습니다. 어머니가 차려준 아침을 먹고 신발을

가족이 남겨준 소중한 자산

신는 순간이었습니다. 갑자기 어머니가 쓰시던 손수건을 나에게
내밀었습니다.

"초조해지거나 문제 풀기 힘들 거든 엄마 냄새를 맡으렴. 엄마가
항상 옆에 있다고 느낄 수 있으니까."

손수건을 받아드는 순간 비로소 마음이 차분해지기 시작했습니다.
내가 힘들 때 늘 편안함을 주던 어머니 냄새가 손수건에 오롯이
배어 있었기 때문입니다. 어릴 때 어머니 등에 업혀 맡았던 그
냄새, 세상에서 제일 좋고, 이 세상에서 가장 귀하여 어디에서도
살 수 없는 어머니의 향기였습니다. 시험장에서 가끔 손수건으로
어머니의 냄새를 맡으면서 차분하게 임할 수 있었으며, 실수하지
않고 내가 공부한 만큼의 실력을 발휘할 수 있었습니다.
그러고 보면 나는 어릴 때부터 부모님의 사랑을 듬뿍 받으면서
자라 왔던 것 같습니다. 부모님으로부터 단 한 번도 부정적인 말을
들어본 적이 없었습니다. 잘못을 하더라도 지적하고 다시는 그러지
못하도록 혼을 내면서도 부정적인 표현을 쓰지 않았습니다.
피그말리온 효과[Pygmalion effect]라는 용어가 있습니다. 한
사람에 대한 사람들의 믿음이나 기대, 예측이 그 대상에게
그대로 실현되는 경향을 말합니다. 즉 주위 사람들이 긍정적으로

기대하면 상대방은 기대에 부응하는 행동을 하게 되고, 결국
기대에 충족하는 결과를 가져온다는 이론입니다.

이와 반대 개념을 가진 효과를 스티그마 효과[Stigma Effect]라고
합니다. 우리말로 낙인 효과라고도 하는데 무언가 편견을 가지고
한 사람을 부정적으로 보게 되면 그 사람은 결국 좋지 않은
일을 되풀이하게 된다는 뜻입니다. 한 번 죄를 지은 사람들이
꼭 같은 실수를 반복하는 것을 흔히 볼 수 있는데 바로 그것이
스티그마 효과가 작용했기 때문입니다. 주위 사람들의 편견이 크게
좌우한다는 연구 결과도 있습니다. '저 사람은 그럴 것이다.'라는
부정적 편견이 알게 모르게 작용하여 상대방에게 영향을
끼친다는 것입니다.

내가 아는 한 동료연예인이 TV에서 자기 어머니를 회고하면서
이렇게 말한 적이 있습니다.

"어머니는 저를 심하게 꾸짖어야 할 때에도 '세상에 이름을
드높일 내 딸아!'라는 말로 시작했어요. 그러니 평소 저에게
어머니가 어떤 식으로 말을 해 왔는지 짐작이 가시죠?
어머니로부터 긍정적인 말을 늘 들으면서 자라다 보니 자존감이
하늘을 찌르는 거예요. 학교에서 공부를 지지리도 못하면서도
'나는 언젠가 큰 사람이 될 수 있다'는 생각을 하곤 했어요."

가족이 남겨준 소중한 자산

칭찬을 많이 받은 사람이 나중에 훌륭한 사람이 되어 사회를
빛냅니다. 반대로 욕을 많이 먹거나 기대의 말을 듣지 못한 사람은,
커서 사회를 어지럽힐 확률이 높습니다. 좋은 말, 따뜻한 말은
상대방은 물론 스스로를 밝게 만듭니다. 사람이 밝으면 긍정적인
삶을 살게 됩니다. 밝은 사람이 많으면 사회 역시 밝아집니다. 홀로
밝아서는 소용이 없습니다. 상대적으로 어두운 사람이 많으면
세상은 어두워지기 마련입니다. 밝은 사람이 많으면 많을수록
세상이 아름다워집니다. 이것이 사랑과 좋은 말의 효과입니다.
피그말리온 효과의 근본이 사랑이 담긴 좋은 말인 것입니다. 나쁜
말은 나쁜 행동을 유발합니다. 나쁜 말은 남에 대해 부정적인
시각을 갖게 합니다. 스스로도 세상에 대해 부정적인 사람이
됩니다. 밝은 세상에서 살고 싶다면 주위 사람들에게 사랑이
듬뿍 담긴, 그에 대한 기대가 잔뜩 묻어나는 말을 사용해야
합니다. 살아오면서 내가 큰 실수나 잘못을 저지르지 않은 것 또한
부모님이 주신 피그말리온 효과 때문이 아닌가 생각합니다.

어머니라는 말만 들어도

한때 '어머니라는 말만 들어도 눈물이 난다'는 광고 카피가
있었습니다. 참으로 가슴에 와 닿는 표현이 아닐 수 없습니다.
공자는 환갑, 진갑 다 넘기고 일흔 살이 되어서도, '자식이
효도하려 해도 어버이는 기다려주지 않는다.'고 서러워했습니다.
오십이 넘은 나 역시 어머니란 말을 들으면 가슴 한 편이 찡해지는
것은 어쩔 수 없는 일입니다. 자식이 태 안에서 자리 잡을 때부터
'아낌없이 주는 나무'처럼 자신의 모든 것을 희생하며 다 내어주는
존재가 어머니 말고 이 세상에 또 있을까요? 어머니의 사랑에는
차별이 없습니다. 어머니의 사랑은 무한합니다. 모든 것을 다
내주고도, 잘났든 못났든 목숨을 다하는 그 날까지 자식 걱정하는
사람이 이 세상의 어머니들입니다. 자식에 대한 어머니의 사랑에
대한 적절한 이야기가 있습니다.

가족이 남겨준 소중한 자산

홀어머니를 모시고 사는 젊은이가 있었다. 어느 날, 아들이 뜻하지
않게 교통사고를 당하여 두 눈을 잃고 말았다. 두 눈을 잃어버린
아들은 깊은 절망에 빠졌다. 마음을 굳게 닫은 채, 혼자만 있기를
원했다. 그 모습을 보고 있는 어머니의 가슴은 찢어질 것 같았다.
그러던 중이었다. 아들에게 기쁜 소식이 전해졌다. 이름을 밝히지
않은 누군가가 눈 하나를 기증한다는 것이었다. 어머니가 한쪽
눈이라도 수술 받기를 권유했지만 아들은 하나뿐인 눈으로
뭣하냐면서 짜증을 부렸다. 어머니가 다시 간곡하게 부탁하자
아들은 마지못해 눈 이식 수술을 받기로 했다. 며칠 후 의사가
수술이 성공적으로 끝났다고 축하했지만 아들은 어머니에게 어떻게
애꾸눈으로 살아가느냐고 하면서 투정을 부렸다. 드디어 눈을
가려놓았던 붕대를 푸는 순간이었다. 아들은 깜짝 놀라고 말았다.
아들의 눈에 한쪽 눈이 없는 어머니의 모습이 보였기 때문이다.
놀라는 아들을 본 어머니가 말했다.

"한쪽 눈만 주어서 미안하다. 두 쪽 다 주면 네가 장님 어머니 모시기
힘들까봐 그랬단다."

그제야 아들은 어머니를 안고 대성통곡했다.

울림

세상의 어머니들은 모두 이런 분들입니다. 평생 자식들을 위해 온갖 고통을 겪으면서도, 자신의 공은 티끌만큼도 내세우지 않는 분들입니다. 내 어머니 역시 세상의 모든 어머니들처럼 그렇게 살아오셨으며, 지금도 그렇게 살고 있습니다. 며느리를 보고도, 혼자 사는 게 편하다고 하면서 우리와 함께 살기를 거부하십니다. 이제는 연세도 많으시고 해서 늘 어머니가 걱정입니다. 함께 살자고 말씀드려도 늘 괜찮다고만 하십니다.

어머니가 사시는 집에는 오래 사용하던 기도 의자가 따로 마련되어 있습니다. 평생 앉아서 자식들을 위해 기도하시던 의자입니다. 어머니는 지금도 그 의자에 앉아 나를 위해 매일 새벽 기도를 하십니다. 더러 금식도 하시고요.

이렇게 평생 어머니는 나한테 주기만 하고 계십니다. 혼자 사시겠다고 고집을 부리시는 것도 다 우리 부부가 편하게 지내기를 바라시기 때문일 지도 모릅니다. 하지만 내가 어머니의 사랑과 기도로 이 자리에 있고 예쁜 가정을 꾸려가고 있다는 것을 나는 잘 알고 있습니다. 조건 없이 사랑하는 마음은, 누구나 그러하듯이 어머니로부터 배운 고귀한 마음입니다.

"다 괜찮아, 너희들이나 잘살아."

울림

이렇게 고집 부리시는 어머니들의 바탕은 바로 사랑입니다. 하지만 나는 압니다. 혼자 있더라도 늘 먼저 가신 아버지를 위해. 그리고 자식들을 위해 조용히 기도하고 계신다는 것을요. 어머니는 아직도 늘 문자를 보내주십니다. 나이가 오십이 넘은 이 아들에게 여전히 "밥 먹었니?", "피곤하지 않니?" 등등의 문자와 함께, 일상 중에 찍어두었던 가족들 사진을 보내주십니다. 나 또한 어머니에게 그렇게 하고 있고요. 한번은 어머니가 민준이가 기도하는 사진을 보내주시면서, 아들인 나에게 응원의 메시지를 적어주셨습니다.

'우리 아들! 오늘 하루도 힘내!'
'오늘도 복되고 좋은 날 되고, 네 식구 행복하고 잘 먹고 건강하고
화목하고. 네 식구 모두 사랑해요.'

그뿐만이 아닙니다. 늘 내가 나온 방송을 하나도 놓치지 않고 보신 다음에는 꼭 모니터링을 해주십니다. 요사이는 프로그램 시청률까지 확인해주십니다. 이렇게요.

"<비행기 타고 가요> 시청률이 조금 올랐네."

어머니가 보낸 문자를 보고 있노라면 여전히 저는 어머니에게

가족이 남겨준 소중한 자산

아직도 어린 아들인 것 같습니다. 어머니는 내가 태어나 준
것만으로도 너무 감사하다는 말씀을 자주 해주셨는데 이제야
그 마음을 이해할 수 있을 것 같습니다. 나 역시 두 아이한테
그냥 태어나 준 것만으로도 감사하다고 생각하고 있습니다. 내가
민준이와 예준이의 아빠라는 것, 그 아이들이 우리에게 와 준
것만으로도 너무 감사하거든요. 돌이켜보면 지금까지 살아오는
동안 단 한순간도 어머니의 사랑을 받지 않은 날이 없는 것
같습니다. 내가 인생을 살면서 어렵고 힘든 일이 닥치더라도
버텨낼 수 있는 것은, 어머니의 사랑과 어머니가 해준 말씀들이
나의 내면에 깊숙하게 자리하고 있기 때문이 아닌가 합니다.
내 마음 속에는 늘 어머니가 하루 빨리 우리와 함께 하시기를
바라고 있습니다. 어머니의 사랑에 의해 우리 부부 그리고 우리
아이들이 얼마나 행복하게 살고 있는지 매순간 느끼도록 해드리고
싶습니다. 그렇게 하기 위해서는 어머니가 지금처럼 건강하셔야
합니다. 우리와 즐거움을 함께 나눌 수 있을 만큼 건강하실 때
모시고 싶은 것이 나의 소망입니다. 당장은 아니더라도, 빠른 시일
내에 어머니가 우리의 뜻을 알고 고집을 꺾는 날이 올 것으로
희망합니다. 다만 그 기간이 길지 않길 바랄 뿐입니다. 나이 드신
어머니가 늘 염려되는 자식으로서의 애틋한 마음 때문입니다.

울림

가족이 남겨준 소중한 자산

음식은 추억이고
사랑이다

여러분들은 김치찌개에 주로 무엇을 넣고 끓이시나요? 아마
대부분 돼지고기를 꼽을 것입니다. 우리 어머니는 꼭 북어를
넣고 끓이십니다. 어릴 적부터 먹어온 음식인지라, 한동안
집집마다 다 그렇게 끓이는 줄로만 알았던 적이 있습니다. 오래
길들여진 음식이라서 지금도 그 맛이 그립지만 어떤 식당에
가도 돼지고기를 넣은 김치찌개만 나와 아쉽기만 합니다. 어느
날이었습니다. 우연히 들른 식당에서 북어를 넣은 김치찌개가
나오는 게 아니겠어요. 당연하게 어머니 생각이 났습니다. 바로
어머니의 목소리가 듣고 싶어서 전화를 했습니다.

“엄마, 뭐하셔요?”

“어제 통화했는데 뭘 또 전화해?”

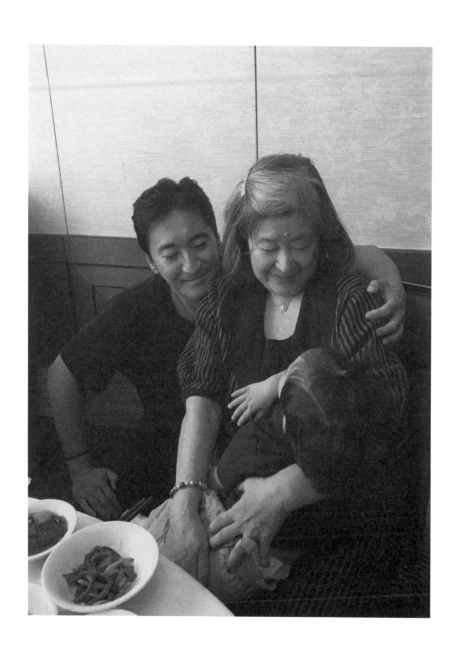

가족이 남겨준 소중한 자산

"아니, 그냥 엄마 목소리 듣고 싶어서 전화했지."

김치찌개 하나마저 나와 어머니를 굳게 연결시키고 있었던 겁니다.

아버지는 이북 음식을 좋아하셨습니다. 그중에서도 '우래옥' 본점의 단골손님으로, 불고기와 냉면을 참 좋아하셨습니다. 지금도 어렸을 때 아버지 손에 이끌려 우래옥에서 평양냉면과 불고기를 먹었던 기억이 생생합니다. 아버지가 좋아하시던 냉면을 먹을 때면 여전히 아버지가 그립습니다.

> 반중 조홍감이 고와도 보이나다
>
> 유자 아니지만 품음직도 하다만
>
> 품어 가 반길 이 없을 이 글로 설워 하노라

문득 교과서에 나왔던 노계 박인로 선생님의 시조가 떠오릅니다. 이 시조를 배웠던 고등학교 시절에는 그저 그런 시인가 하고 말았는데 아버지를 떠나보내고 난 후 다시 읊어보니 너무나 절절하게 와 닿습니다. 한음 이덕형 선생님의 집에 놀러갔다가 홍시를 대접 받고 지은 시라고 하지요. 풀이하면 쟁반에 놓인 홍시가 참 고와 보이는데 유자(당시에는 매우 귀했던 과일)는 아닐지라도 가져가고 싶지만 가져가 보아야 반겨줄 사람(부모) 없으니 그것이 서럽다는 뜻입니다. 그렇듯, 나 또한 이제 아버지에게 냉면을 대접해 드릴 수 없음에 또 서러워집니다. 얼마 전이었습니다. 어머니와 함께 현충원에 모셔진 아버지를 뵙고 왔습니다. 아버지께 작별인사를 드리고 현충원에서 나오니, 마침 점심시간이 가까워졌습니다.

"엄마, 뭐 드시고 싶으세요?"

내가 여쭈었더니 이렇게 답하셨습니다.

"오늘은 왠지 냉면이 먹고 싶네. 우리 불고기 냉면이나 먹으러 갈까?"

어머니도 내심 아버지가 그리웠나 봅니다. 그렇게 우리는 냉면을 먹기로 하고 근처에 있는 우래옥 분점으로 향했습니다. 그런데 그곳에서 우연찮게 낯익은 분을 만났습니다. 우래옥 사장님이었습니다. 사장님이 바로 나를 알아보시고 반갑게 맞이해 주셨습니다.

가족이 남겨준 소중한 자산

울림

"안녕하세요. 몇 십 년 째 저희 식당에 와주셔서 감사합니다."
"아이고, 안녕하세요. 여기서 뵐 줄은 몰랐습니다."

서로 인사를 한 후였습니다. 사장님이 내 손을 잡고 있던 아들을
보고 이렇게 말했습니다.

"아드님이에요? 잘 생겼네. 아! 신현준 씨 아버님 생각도
나네요. 함께 자주 오셨었는데 이젠 아들하고 오셨네요.
아버님이 정말 멋지신 분이셨지요."
"아, 예, 그렇잖아도 지금 아버님을 뵈러 현충원에 다녀오는
길이에요."

사장님이 깜짝 놀랐습니다.

"그래요? 단골손님이었는데 한동안 안보이시기에 어디 다른
곳으로 이사라도 가셨나 했지, 돌아가셨을 거라고는 생각도
하지 않았어요. 괜한 말씀을 드려 죄송합니다."
"아닙니다. 아무튼 저는 이런 가게가 있는 것이 너무 좋습니다.
저희가 3대째 와서 맛있게 음식을 먹고 있잖아요. 이렇게 3대가
함께 할 수 있는 추억의 식당을 오랫동안 지켜주셔서 너무

가족이 남겨준 소중한 자산

고맙습니다."

"별말씀을 다 하십니다. 이게 다 3대째 계속 찾아주시는
신현준씨 같은 손님들 덕분이 아니겠습니까?"

어린 민준이가 이 상황을 어찌 이해하겠습니까? 그래도
할아버지의 추억을 이야기 해주면서 같이 음식을 먹으니 마음이
흐뭇했습니다.

"할아버지가 참 좋아하시던 냉면이야. 아빠가 어렸을 때
할아버지랑 여기에 참 많이 왔단다."

식사를 하다가 문득 아이의 모습을 바라보고 있노라니 왠지 더욱
아버지 생각이 났습니다. 그 옛날 아버지도 나를 저렇게 바라보고
계셨을 거란 생각이 들더군요. 아버지에게 더 많이 해드릴 걸,
더 손잡아 드릴 걸, 좀 더 자주 안아드릴 걸 하는 아쉬움이
일었습니다. 한참을 그렇게 바라보자, 아이는 이상한 듯 이렇게
묻습니다.

"왜? 아빠, 왜?"
"아니야, 민준이 맛있게 먹는 것을 보니 좋아서 그래."

그렇게 웃어넘기고 말았습니다.

이처럼, 음식은 그냥 먹는 것만이 아닙니다. 함께 했던 소중한 사람을 떠올리게 하고 사랑을 느끼게 해주는 매우 중요한 매개체입니다. 앞으로 민준이, 예준이와 함께 아버지랑 추억이 있는 곳을 많이 다니려고 합니다. 아버지가 나에게 그러했듯이, 훗날 민준이가 나를 기억할 수 있는 추억을 많이 남길 수 있지 않을까 해서입니다. 또 은연중에 민준이가 그곳에서 할아버지의 체취를 느끼게 될지도 모르기 때문입니다.

음식이 단지 맛만 아닌 추억으로 먹는다는 것을 드라마를 통해서도 느낀 적이 있습니다. 2012년 최문정 작가의 소설을 각색한 드라마 <바보엄마>에 출연했을 때였습니다. 드라마에서 하희라 씨가 지능이 떨어지는 바보엄마 역할을 했고요, 내가 상대역인 최고만 역할을 맡았습니다. 지능이 모자란 탓에 최고만의 집을 자기 집이라 여기어 찾아온 바보엄마. 최고만은 그녀를 소개소에 부탁했던 가정부로 온 사람으로 생각했습니다. 그렇게 하여 바보엄마와 최고만은 함께 생활하게 되는데 처음에는 바보라고 구박하고 멸시했던 바보엄마에게 최고만은 점점 사랑에 빠지게 됩니다. 왜 그랬을까요? 바로 바보엄마가 만들어주는 음식 때문이었습니다. 바보 엄마가 만든 음식이 돌아가신 엄마 생각이

가족이 남겨준 소중한 자산

나게 해 주었기 때문입니다. 음식이 주는 강력한 추억 때문에, 턱도 없었던 두 사람의 관계가 사랑으로 이루어진 것입니다.

우리가 식당에 가면 보통 "맛있네.", "이 식당 음식 잘하네. 인테리어도 깔끔하고." 라면서, 음식 맛이나 분위기에 대한 평가를 많이 하잖아요. 그런데 허영만 선생님과 함께 촬영하면서, 음식이 우리에게 주는 특별함이 있다는 것을 깨달았습니다. 그 특별함이란 바로 음식에 담긴 추억 그리고 그 추억 속에 스며들어 있는 사랑이었습니다. 그렇습니다. 음식이란 단지 맛뿐만 아니라, 추억이고 사랑입니다.

아이들에게
물려주고 싶은 것

아버지와의 이별로 인해 나에게 많은 변화가 있었습니다. 가장
먼저 생각났던 것이 내가 아버지에게 관심과 사랑을 받기만
했다는 것이었습니다. 난 늘 아버지께 "아빠 약속 꼭 지켜줄
거지? 나 항상 지켜줄 거지?" 라며 약속을 지켜주기만을 바랐던
아들이었습니다. 그런데 지금에 와서 생각해보니, 아버지는 나에게
약속 꼭 지켜달라고 하셨던 적이 없더라고요. 아버지로부터
받기에만 익숙했던 내가, 과연 아버지에게 무엇을 드렸을까 하는
생각을 하니 부끄럽고 아쉽기만 했습니다. 그래서 어떻게 하면
조금이라도 그 죄송함을 덜어낼 수 있을까 하는 고민을 많이
했습니다. 돌아가신 아버지께 어떻게 보답을 해드리지? 아버지는
내가 어떤 모습으로 살기를 원하실까? 알 수만 있다면, 답이
있다면 정말 꼭 그렇게 하고 싶었습니다. 그런 고민을 계속하던

가족이 남겨준 소중한 자산

울림

중에 무언가가 나의 뇌리를 스쳐지나갔습니다. 내가 어렸을 때
아버지가 해주신 것들을 내 아들과 함께 하면 아버지에 대해
보답할 수 있을지에 대한 답이 나오리라고 기대했습니다. 그때
아버지의 마음이 과연 어떠했을까? 아들과 함께 하다보면
아버지를 더 이해 할 수 있으리라고 생각한 것입니다. 그 추억
여정은, 나에겐 미안하기만 했던 아버지께 해 드릴 수 있는 최고의
보답이라고 생각합니다.

언젠가 큰아이에게 스케이트 타는 법을 가르치면서 아내에게 이런
말을 한 적이 있습니다.

"어렸을 때 아버지도 이렇게 나한테 스케이트를 가르쳐
주셨지."

그랬더니 아내가 이렇게 물었습니다.

"당신은 아버님이 당신한테 해주셨던 것들을 민준이한테도 꼭
같이 하고 싶구나."
"응, 아버지와 쌓은 추억을 우리 아이들과 재현하고 싶은
이유가 있어. 내가 가지고 있는 아버지와의 기억이 참 좋아서야.

가족이 남겨준 소중한 자산

하늘에서 아버지가 보시고 좋아하실 것 같아. 만약 내가
아이들과 그런 추억을 나누지 않는다면 아마도 난 돌아가신
아버지를 점점 내 삶에서 서서히 지워버리게 될 것 같아.
아버진 돌아가셨지만 그때의 고마움을 내 아이들을 통하여
갚아드리고 싶어."

아내가 웃으면서 말했습니다.

"그래, 그렇게 다 해줘, 아버님한테 배웠던 것들을 우리
아이들한테 다 해줘. 아마 훗날 민준이와 예준이도 당신이
아버님에게 가지고 있는 그런 감정을 똑같이 느낄 수 있을
거야. 꼭 그랬으면 좋겠다."

아이들이 나중에 커서 내가 아버지를 추억하듯이, 나를 그렇게
추억한다면 기분이 참 좋을 것 같습니다. 아버지가 지금쯤
하늘에서 이런 나의 모습을 보신다면 아마 환하게 웃으실 것 같은
느낌이 듭니다. 그래서 나도 종종 하늘을 향해 씩 웃곤 합니다.

퇴근하고 집에 돌아오시면 아버지는 종종 어린 나를 다리 위에
올려놓고 비행기태우기 놀이를 해주곤 했습니다. 아버지의 몸이

가족이 남겨준 소중한 자산

놀이도구였던 셈이지요. 아버지는 그 놀이를 '띤따노니'라고 하셨는데 아직도 나는 그 의미를 잘 알지 못합니다. 하긴, 이름의 의미가 뭐 중요하겠습니까. 중요한 것은 오십이 넘은 나이에도 내가 아버지와 함께 했던 그 놀이를 기억한다는 것이지요. 요즘에는 내가 아버지가 해주었던 것처럼, 내 아이들에게도 '띤따노니'를 해주고 있습니다.

"띤따노니 하자, 재밌겠지?" 하면 아이들이 너무 좋아합니다. 마구 달려와서 내 다리 위에 엎드린 채 깔깔거리곤 합니다. 누나들도 아버지와 그 놀이를 했던 것이 분명합니다. 가끔 우리집에 오면 자연스럽게 조카들에게 '띤따노니'를 해주거든요. 아버지에게 받았던 사랑이 아이들에게 이어지고 있는 것입니다. 이렇게 우리 가족은 함께 놀면서 추억을 만들어가고 있습니다.

VCR카메라가 없던 시절에도 아버지는 우리 남매가 노는 모습을 영상으로 남기셨습니다. 자식들의 어릴 적 모습을 오래도록 영상으로 보관하고 싶으셨던 겁니다. 어린 시절의 나를 촬영하여 녹화해둔 릴 테이프가 아직도 남아 있습니다. 당시에는 그런 촬영과 녹화를 하기에 매우 불편했을 터인데도, 아버지는 그렇게 자식들의 모습을 남기려고 애쓰신 것입니다. 지금 그 영상을 재생해 보니, 정말 큰 재산이더라고요. 그래서 나도 아이들의

가족이 남겨준 소중한 자산

모습을 사진으로 남기는 것에 만족하지 않고 영상으로도 남기고 있습니다. 지금까지 찍은 아이들 영상만 해도 엄청 많지만 앞으로도 계속 찍을 예정입니다. 나중에 아이들이 커서 내가 남긴 영상을 통해 아빠와 어떤 시간을 보냈는지, 그리고 자신이 어떻게 자랐는지 알 수 있도록 하고 싶습니다. 함께 하는 지금 이 순간이 가장 소중하지만 나중에 이 영상들 또한 아이들에게 큰 보물이 될 거라고 믿습니다. 아이들이 어른이 되고 내가 할아버지가 되었을 때 함께 모여서 내가 남긴 영상을 보며 이야기를 나누고 있는 모습을 상상만 해도 행복해집니다.

아이들에게 어떤 자산을 물려주고 싶으냐고요? 아버지가 나에게 그랬던 것처럼, 나 또한 아이들에게 행복한 가족의 추억이라는 자산을 물려주고 싶습니다.

비유의 미학

아이와 함께 아버지와 갔던 음식점에 가거나, 아버지와 함께 했던
놀이를 하는 등 추억여행을 하다보면 아버지에게 미안했던 마음이
조금은 덜어질 줄 알았습니다. 그런데 그 반대더라고요. 오히려
아버지께 미안한 마음이 더 드는 겁니다. 그 이유를 아는 데에
시간이 그리 오래 걸리지 않았습니다.

누군가에게 사랑을 많이 받을수록, 고마움을 많이 느낄수록,
미안함의 크기도 더 커지기 때문이라는 것을 깨닫게 된 것입니다.

내가 늦게 결혼을 해서 아이를 늦게 낳았잖아요? 그래서 좀 더
일찍 결혼을 하고 손자들을 품에 안겨주었더라면 아버지가 얼마나
좋아하셨을까 하는 생각을 하게 되고 더더욱 죄송한 마음이

가족이 남겨준 소중한 자산

울림

생겨나는 겁니다. '아버지는 늘 나와 함께 계실거야.' '하늘에서도 아버지가 우리를 보고 기뻐하실 거야.' 같은 생각이 어쩌면 내 스스로를 위안하기 위한 것이 아닐까? 혹시 아버지에 대한 미안함이 아니라, 스스로를 위로하려고 하는 마음이 아닐까? 이런 생각이 들다 보면 아버지께 자꾸 더 미안해집니다. 그런 생각을 하면서 아이들과 이것저것을 하다 보니, 새로운 습관이 하나 생겼습니다. 살면서 일어나는 일 중에서 아버지와 관련된 것들을 보거나 경험하게 되면 집에 와서 꼭 아이에게 그 이야기를 하는 것입니다. 별것 아닌 일까지도 아이에게 이야기하게 되는데 마치 아버지와 나 그리고 내 아이 삼대가 함께 모여 앉아 있는 듯한 느낌이 들곤 합니다. 아마 아버지도 하늘에서 내려다보며 기뻐하실 거라고 믿습니다.

어렸을 때였습니다. 방학 때마다 나는 지방에서 근무하시던 아버지를 뵈러 가곤 했습니다. 아버지를 만나러 갈 때면 늘 가슴이 두근거렸습니다. 버스정류장에서 기다리고 있던 아버지가 환한 표정으로 달려와서 껴안고 내 볼을 비비던 기억이 지금도 또렷합니다. 꺼칠한 수염 때문에 따갑기도 했지만 마냥 싫지 않았던 것은 아버지의 품이 그만큼 그리웠기 때문일 것입니다. 내가 아버지가 되고 보니 그때의 아버지 심정을 알 것 같습니다.

가족이 남겨준 소중한 자산

촬영 등 일 때문에 집을 비웠다가 집으로 돌아갈 때면 이제 곧
사랑하는 아내와 아이들을 만나겠구나 하는 마음으로 마구
설레거든요. 고작 며칠이 지났을 뿐인 데도 말입니다.
아버지는 내 손을 꼭 잡고 나에게는 낯선 마을 곳곳을 다니면서
이런저런 이야기를 해 주셨습니다. 그중 가장 기억에 남는 것은
작은 꽃집을 지나치면서 해주셨던 말입니다.

　"저기 꽃집 아저씨 보이지? 이 마을에서 아주 유명한 분이지.
　이 동네 명물이셔. 다들 저 분을 존경한단다."
　"왜요?"
　"춥든 덥든, 비가 오든 바람이 불든, 저 아저씨는 단 한 번도
　가게 문을 닫은 적이 없거든."

아버지가 꽃집 주인을 명물이라고 말씀하신 까닭은 나중에
알았습니다. '사람은 성실해야 한다.'는 교훈을 내가 은연중에 알
수 있도록 쉽고 재미있게 설명하기 위한 것이었습니다. 사람이란
참 특이한 존재입니다. 직설적이고 직접적으로 '이렇게 해야 한다.'
또는 '그렇게 하면 안 된다.'는 말을 들어도 쉽게 받아들이지
못합니다. 오히려 다른 사람들의 삶이나 자연현상을 예로 들어
비유적으로 설명하면 더 빨리 이해를 합니다. 비유와 상징으로

가득한 성서 말씀이 우리에게 쉽게 다가오는 것처럼 말입니다. 나도 가급적이면 아이들에게 직접적인 교훈이 아니라, 아버지가 나에게 해주셨던 것처럼 함께 하면서 은연중에 교훈을 주려고 노력합니다. 알고 보면 비유할 대상은 참 많습니다. 우리가 사는 동네 보도블록 틈에 옹색하게 뿌리를 내리고 있는 이름 모를 풀 한 포기를 보면서도 많은 교훈을 줄 수 있습니다. 척박한 환경에서도 좌절하지 않고 버티는 자세와 함께 모든 생명이 귀하다는 소중한 마음을요. 이것이 바로 아버지로부터 배운 비유의 미학입니다.

가족이 남겨준 소중한 자산

언제나 함께
하시는 아버지

아버지는 나와 함께 여행 다니시기를 참 좋아하셨습니다. 나 또한
배우로서 어느 정도 안정적인 수입을 가지게 되면서부터, 시간이
나는 대로 아버지와 자주 여행을 다녔습니다. 그런데 신기한 것은
아버지와 여행을 하다 보면 국내에서든 국외에서든 꼭 무지개를
보게 되는 것이었습니다. 성서에서 무지개가 무엇을 상징했던가요?
하나님이 내리신 긴 홍수 끝에 노아 일행에게 무지개가
나타났으니, 우리는 무지개를 시련의 끝이요 희망의 상징으로
여기지 않습니까. 아버지와 여행 중 무지개를 만날 때마다
아버지는 나에게, 나는 아버지에게 희망이 되는 존재로구나 하는
느낌을 받곤 했습니다.
그랬던 아버지가 돌아가시고 나자 한동안 심적으로 굉장히
힘들었습니다. 희망 하나를 잃은 듯 늘 마음 한 구석에 침울함이

가족이 남겨준 소중한 자산

남아 있었습니다. 주위에서는 그런 나에게 시간이 지나면 나아질 거라면서 위로해 주었지만 그 후로도 여전히 회복되지 않았습니다. 이제 더 이상 내 희망인 아버지를 뵐 수 없다는 심적 고통은, 나뿐 아니라 가족들에게도 영향을 미치게 될 정도로 심각했습니다. 더 이상 상실감으로 고통스러워해서는 안 되겠다는 생각으로 마음을 다스릴 겸 양평으로 향했습니다. 양평에는 내가 농사도 짓고 쉼을 겸하여 마련해둔 농가주택이 하나 있습니다. 마음이 우울하거나 조용하게 생각할 일이 있을 때 자주 가는 곳으로, 맑은 공기를 마시면서 텃밭에 푸성귀를 가꾸면서 땀을 흘리면 금세 마음의 상처가 회복되곤 합니다. 남한강을 끼고 양평으로 차를 몰고 있을 때였습니다. 갑자기 우중충했던 하늘에서 비가 쏟아지기 시작했습니다.

'하늘도 내 마음을 알고 비를 내려주나?'

이런 생각을 하면서 양평 집에 도착했는데 어느새 비가 그치고 해가 나와 있었습니다. 차에서 내려 문득 집 앞에 있는 강을 바라보는데 그 위로 무지개가 선명하게 떠 있는 겁니다. 바로 내 눈 앞에요. 마치 힘들어하는 내 마음을 위로해 주시려고 아버지가 나타나신 것 같았습니다.

'아들아, 난 언제나 네 옆에 있어.'

무지개 너머에서 아버지가 이렇게 말씀하는 것 같았습니다.
꿈에서라도 제발 뵙고 싶다고 했지만 한 번도 모습을 보이지
않던 아버지가 무지개로 대신 모습을 보여 주신 것 같아 그
자리에서 한참 울었습니다. 무지개로 모습을 보여주신 아버지가
너무 감사했습니다. 이후에도 좋은 일이 있을 즈음이면 자주
무지개를 보게 되었습니다. 아들 둘이 태어나던 날 전후에도
무지개를 봤습니다. 무지개를 보는 순간, 아버지는 돌아가신
후에도 늘 내 곁에 머물면서 내 가족을 지켜주시는구나 하는
생각이 들었습니다. 아버지가 그저 떠나신 게 아니라 사랑을
남겨주셨구나 하는 생각과 함께요.

퇴근해서 집에 돌아오면 현관을 열면서 나도 모르게 "아들!" 하고
부르는데 가만히 생각해보니 아버지도 늘 그렇게 하셨더라고요.
아이들과 함께 놀아줄 때도 "어이구, 그랬어? 어이구, 그랬구나."
하면서 아버지가 썼던 말투로 놀아 주고요.
내가 촬영 때문에 집을 비웠다가 돌아오면 아버지는 이렇게
말씀하셨습니다.

가족이 남겨준 소중한 자산

울림

"아들, 오랜만이야."

그럴 때마다 저는 이렇게 말합니다.

"아빠, 뭐가 오랜만이야? 삼일밖에 안 됐어!"

하지만 이제 아버지의 그 마음이 이해가 됩니다. 내 자식을 낳고 나니 하루라도 떨어져 있기가 싫은 겁니다. 아버지가 왜 고작 이삼일 떨어져 있던 아들에게 오랜만이라는 말씀을 하셨는지를 이제 내 마음에서도 느껴집니다.

'아버지'라는 단어를 떠올리면 나와의 약속을 언제나 지켜주고 힘든 아들을 위해 무지개로 자신의 존재를 보여주신 모습이 생각납니다. 그래서일까요? 나를 사랑해 주셨던 아버지의 말과 행동을 지금 내 아이들한테 그대로 하고 있습니다. 스스로 나의 그런 모습을 보면서, 역시 사랑은 유전이라는 생각을 하게 됩니다. 아버지가 제게 남겨 주신 것 중에서 가장 위대한 것을 꼽으라면 나는 서슴없이 사랑이라고 말할 수 있습니다. 아버지는 나에게 늘 이렇게 당부하시는 것 같습니다.

"내가 너에게 해 준 만큼, 아니 그보다 더 네 가족들을 사랑해야 한다!"

가족이 남겨준 소중한 자산

이렇게 아버지는 떠나셨지만 나에게 아주 큰 메시지를 남겨
주셨습니다. 바로 사랑의 메시지요.

어렸을 때 어버이날에 색종이로 카네이션을 만들어서 아버지의
가슴에 달아드린 적이 있습니다. 그때 "와~! 우리 현준이가
벌써 어른이 다 됐구나."라고 하면서 기뻐하시던 모습이 지금도
생생합니다. 바로 그 날이었습니다. 아버지와 남대문 시장에 함께
나갔다가 생판 모르는 사람한테 봉변을 당하고 말았습니다. 술
취한 지게꾼이 옆을 지나가면서 "뭐야? 다 큰 어른이 색종이를
붙이고 다녀?" 라고 하더니, 갑자기 아버지의 가슴에 달린 색종이
카네이션을 지게작대기로 툭 쳐서 떨어뜨린 겁니다. 태어나서
아버지가 그렇게 화를 내는 모습은 처음 보았습니다.

　"술 취했으면 조용히 가던 길이나 갈 것이지 이게 무슨
　행패입니까!"

그러고는 지게꾼을 더 이상 상대하지 않고 바닥에 떨어져
더러워진 카네이션을 소중하게 주워 닦는 것이었습니다.
평소에 화를 잘 안내시던 아버지가 그렇게 화를 낸 까닭을
훗날에야 알 수 있었습니다. 작년 어버이날이었습니다. 아들

민준이가 유치원에서 종이 카네이션을 만들어 와서 나와 아내 가슴에 하나씩 달아주었습니다. 고작 색종이로 만든 카네이션이 왜 그리 감동적이던지… 눈물이 핑 돌 정도였습니다. 문득 지난 일이 생각났습니다. 그렇게 점잖으셨던 아버지가 왜 시장바닥에서 불 같이 화를 내었는지 그제야 알게 된 것입니다. 아들이 처음으로 만들어준 그 카네이션이 아버지에겐 그 어떤 화려한 카네이션과도 바꿀 수 없을 정도로 귀중했던 것이었습니다.

생각해보면 아버지가 물려주신 사랑은 그대로 위대한 유산이 되어 내 아이들한테 전해지고 있으며, 아이들을 통해서 아버지의 마음을 느끼는 순간들이 점점 많아지는 것 같습니다.

가족이 남겨준 소중한 자산

울림

기도는 세세하게,
간절하게

나의 가족을 소개하자면 돌아가셨지만 늘 내 마음속에
살아계시는 아버지, 아버지가 돌아가신 이후 혼자 따로 살고
계시는 어머니, 일찌감치 출가하신 세 누님들이 있습니다. 그리고
부모님의 대를 이어 사랑하는 아내를 만나 새로운 가정을
꾸밈으로써 너무나도 소중한 큰아이 민준이, 둘째아이 예준이가
내 곁을 지키고 있습니다.

아시는 것처럼, 나는 늦은 나이에 지금의 아내를 만나
결혼했습니다. 그런데 아내를 만난 순간부터 결혼생활을 하고
있는 지금까지, 부모님들은 물론 주위 사람들로부터 걱정스런
충고와 결혼하라는 채근을 견뎌온 보상을 크게 받았다고
생각을 하고 있습니다. 연애할 때도 그러했지만 결혼한 이후에도
아내가 나에게 새롭게 보여주는 것들이 너무 많기 때문입니다.

가족이 남겨준 소중한 자산

'일신우일신(日新又日新)' 즉 나날이 새로워진다는 말처럼, 나는 아내로부터 나날이 새로운 모습을 보면서, '이 여자와 만난 것은 참으로 행운이다.'라는 생각을 하게 됩니다. 선하고, 총명하며, 친절한 내 아내, 아내 자랑은 팔불출이나 한다는 속담이 맞는 말이라면 나는 기꺼이 팔불출이 될 용의가 있습니다.

아들이 다른 사람들처럼 결혼해서 알콩달콩 사는 모습을 보고 싶은 부모님은, 한동안 "장가가야지."라는 말을 노래처럼 하시다가 더 이상 채근하지 않았습니다. 그렇다고 하여 부모님이 내 결혼을 기대하지 않으셨던 것은 아닙니다. 스트레스를 주어 아들의 일에 방해가 될까봐 속으로만 끙끙 앓고 계셨을 뿐입니다. 그때 어머니가 나에게 줄곧 하셨던 말이 기억납니다.

"네가 만나기를 원하는 아내에 대한 기도는 세밀해야 한다. 예를 들어, 머리색은 어떻고, 눈동자는 어떻고, 성격은 이러하기를 바란다는 등……. 그렇게 간절하게 기도하면 언젠가 하나님이 놀라울 정도로 네게 딱 맞는 배필을 주실 거야."

'세심하게'라는 말씀은 '구체적으로, 세세하게'라는 뜻이었습니다. 어머니의 당부에 따라, 이러하고 저러한 분을 아내로 맞을 수 있도록 해달라는 배우자기도를 쭉 해 오던 중이었습니다. 어떤 책에서 '아무리 간절하게 기도해도 그 사람을 내게 보내 줬을 때 그 사람을 알아보는 눈이 없으면 그저 스쳐지나간다.'는 구절을 발견한 겁니다. 그래서 이런 기도를 추가하기 시작했습니다.

"제 주변에 좋은 사람이 다가왔을 때 그 사람이 제게 맞고 또 좋은 사람이란 걸 알아보는 눈을 주세요. 그래서 그 사람이 저를 스쳐 지나가지 않게 해 주세요."
"하나님이 주신 배필을 알아볼 수 있는 눈을 주세요."

하지만 아무리 기도를 해도, 눈을 크게 뜨고 찾아봐도, 내 마음을 움직이는 여자가 나타나지 않았습니다.

'나이가 많아져서 내 여자를 알아내는 감각이 무뎌진 건가?'

그러다가는 이런 생각까지 하게 되었습니다.

'어쩌면 결혼을 하지 못하고 혼자 살 것 같아. 그래, 독신이면 어때? 아티스트니까 그럴 수도 있잖아.'

가족이 남겨준 소중한 자산

'아티스트에게 외로움은 예술적 가치'라면서, 너무 행복해도
예술을 하는데 방해가 된다는 선배들의 말을 위로로 삼았습니다.
그런 생각을 하다 보니, 독신으로 살면 더 독창적인 영감을 얻을
수 있으며, 혼자만의 시간이 많은 만큼 창의적인 일을 더 많이 할
수 있을 것이라면서 스스로를 위로하는 지경에 이르게 되었습니다.
그러고는 주위 사람들에게 서슴지 않고 "난 결혼 생각 없어.
독신으로 살 것 같아." 같은 말을 하게 되었습니다.

결혼에 대한 미련을 끊고 독신으로 살겠다는 선언을 한 다음,
나는 오로지 일에 몰두하면서 지내고 있었습니다. 그러던
어느 날이었습니다. 오랜만에 후배들과 함께 하는 촬영을 끝낸
후였습니다. 후배들이 출출하다고 해서 모두 함께 집 근처에 있는
식당을 찾아 마음껏 먹을 수 있도록 해주었습니다. 후배들은 양껏
먹고도 오랜만에 만난 나와 바로 헤어지고 싶지 않았었나 봅니다.
기어이 가까운 치킨집으로 자리를 옮기자고 했습니다. 장소를
옮기던 중이었습니다. 한 여자가 커다란 첼로를 메고 지나가는
모습이 내 눈에 들어왔습니다. 서로 별 생각 없이 스쳐 지나는
순간이었습니다. 갑자기 눈이 마주쳤는데 내 심장이 덜컹 하는
것이었습니다. 마주친 상대의 눈이 너무 예쁜 겁니다. 깜짝 놀라서
얼른 눈을 피했습니다. 하지만 그 짧은 순간에 수많은 생각이

가족이 남겨준 소중한 자산

지나가고 있었습니다.

눈이 참 예뻤습니다. 그리고 마치 오래 알았던 사람의 눈인 듯 너무 묘한 느낌이었습니다. '쿵' 하며 마음이 두근두근 거리기 시작했습니다. 살면서 그런 적이 없었습니다. '어, 이거 뭐지?' 하고 살짝 뒤를 돌아보다가 또 깜짝 놀라고 말았습니다. 뒤를 돌아보던 그녀의 눈과 내 눈이 또 마주친 겁니다. 부끄러운 마음이 들어 그냥 가게로 들어가려고 하다가 이젠 그럴 수가 없다는 생각이 들었습니다. 왠지 저 여자를 놓치면 나는 평생 독신으로 살 것 같다는 느낌이 강하게 다가왔기 때문이었습니다. 나도 모르게 그녀 앞에 다가가 있었지만 어찌할 바를 모르고 있었습니다.

'다짜고짜 말을 거는 것도 어색하고……. 어떻게 하지?'

초조한 마음에 주머니에 손을 넣었는데 마침 주머니에 있던 학교 명함이 손에 잡혔습니다.

'그래, 명함을 주면서 말을 걸어보자.'라고 생각하고 있는데 여자가 먼저 나를 알아보고 말을 걸어오는 것이 아닙니까?

"안녕하세요. 저, 제가 유일하게 본 한국 영화가 <은행나무 침대>에요. 만나 뵙게 되어서 정말 기뻐요."

내가 또 머뭇거리자 그 여자가 또 이렇게 부탁했습니다.

"영화에서 황장군을 너무 좋아했어요. 제가 신현준씨 팬인데
실례가 안 된다면 첼로에 사인을 해 주실 수 있나요?"

현재 외국에 거주하고 있기 때문에 한국 영화를 많이 못 봤는데
유일하게 본 한국 영화의 주인공을 만나서 너무 반갑다고 하는
것이었습니다.

"그, 그럼요."

첼로에 사인을 하면서도 계속 그녀의 눈을 바라보았습니다.
정말 아름다운 눈이었습니다. 마치 내가 그녀의 눈 속으로 빨려
들어가는 것 같았습니다. 사인을 끝내자 그녀가 "고맙습니다." 하고
돌아서는데 차마 그냥 보낼 수가 없더라고요.

"잠시만요."
"왜요?"

그렇게 말하면서 나를 쳐다보자, 그만 얼어붙어 할 말이 생각이

가족이 남겨준 소중한 자산

안 나는 겁니다. 겨우 한다는 말이 이랬습니다. 그것도 말을
더듬으면서요.

"조, 조, 종교 있으세요?"
"아니요. 왜요?"
"이상하게 간증하고 싶어서요."

그랬더니 "하하하하, 아~ 네." 하고 웃어주더라고요. 거기에 용기를
얻어 명함을 건넸습니다.
그녀를 보내고 후배들이 기다리는 치킨 가게 안으로 들어갔습니다.
후배들이 무어라 나에게 말을 걸어왔지만 하나도 들리지
않았습니다. 집에 와서도 무엇을 먹었는지 무슨 이야기를 했는지
모를 정도로, 그녀의 아름다운 모습이 계속 어른거려 잠을
이룰 수 없었습니다. 그렇게 그녀와의 가슴 떨리는 첫 만남이
시작되었습니다.

어느 날 교회에서 선교위원회 모임이 있었습니다. 선교위원 모두
부부동반으로 모이는 자리였습니다. 나만 혼자였습니다. 참으로
외롭다는 생각이 드는 일요일이었습니다. 그러면서 자연스럽게
그녀의 생각이 간절해졌습니다. 그런데 연락할 길이 없었습니다.

'전화번호를 받아놓을 걸…, 내가 왜 전화번호를 물어보지
않았지?'하면서 후회했습니다. 그런데 참 운명 같은 일이
일어났습니다. 집으로 돌아오는 길이었습니다. 갑자기 전화가
왔습니다. '누구지?' 하고 휴대폰을 보았는데 전혀 모르는
전화번호였습니다. 모르는 전화는 잘 받지 않는 편인데 왠지
그 전화에는 뭔가 이상한 끌림이 있었습니다. 그래서 전화를
받았더니, 아! 그녀의 목소리가 들리는 겁니다. 전화기에서 들리는
그녀의 첫마디는 이러했습니다.

"저 독감이 걸려서 미국에 못 들어갔어요."

그녀와 헤어지기 전에 내가 했던 말을 생각났습니다.

"미국에 다시 돌아가기 전에 밥 한번 사겠습니다."

그런데 전화에서 그녀가 한 말은....

"아직 밥 사주시겠다는 거 아직 유효한 거죠?"

라는 것이었습니다.

가족이 남겨준 소중한 자산

"아, 그럼요. 당연하죠, 언제 만날까요?"

그렇게 약속을 하고 그녀와의 첫 데이트를 닭백숙을 먹으면서 하게 되었습니다. 다행히 그녀는 맛있게 식사를 했습니다. 식사가 끝날 무렵 즈음에 그녀에게 이렇게 말했습니다.

"우리 계속 연락하고 지내죠. 서로 좋은 친구가 되면 좋겠어요."

그녀가 고개를 끄덕거렸습니다. 그렇게 헤어지고 나서 이틀 정도 지났습니다. 밤에 자리에 누워도 도무지 잠이 오지 않는 겁니다. 그녀가 너무 보고 싶었기 때문입니다. 바로 누우면 천장에 그녀의 얼굴이, 돌아누우면 벽에 그녀의 얼굴이 나타나서 떠날 줄 몰랐습니다. 일주일에 한 번씩 생방송하는 <연예가중계> 프로그램 때문에 보스턴으로 그녀를 보러갈 방법도 없었습니다. 너무 보고 싶은데 말입니다. 할 수 있는 것은 전화로 목소리를 듣는 것뿐이었습니다. 그녀의 나에 대한 마음을 확인하지도 못한 채, 무작정 전화를 걸었습니다. 간단한 인사를 끝내고 단도직입적으로 내 마음을 밝혔습니다.

"제가 이렇게 될 줄 몰랐는데…… 사실 너무 보고 싶습니다."

그런데 그녀 역시 내가 너무 보고 싶다는 겁니다. 그러면서 이렇게 말했습니다.

"저, 제가 내일 한국 갈게요. 저도 보고 싶어요."

그렇게 그녀가 나를 만나러 잠시 한국에 옴으로써 연인 관계로 발전하게 되었고, 결국 긴 장거리 연애에서 결혼까지 이어지게 된 것입니다.

어머니는 늘 저에게 배우자에 대한 기도는 섬세하게 하라고 하셨습니다. 독신으로 살려고 했던 나는 언젠가부터 배우자에 대한 기도를 드리기 시작했습니다. 운전을 하면서, 걸어가면서, 때로는 식사를 하면서까지 틈나는 대로 하나님께 구체적으로 기도를 올렸습니다. 그런데 다행스럽게도 그녀에게는 제가 그토록 간절히 기도했던 부분을 거의 갖추고 있었습니다. 그야말로 신기하고 놀랍고 감사할 일이었습니다. 결혼 후, 아내에게 당시 제가 오랫동안 해 왔던 기도에 대해 이야기해 주었습니다.

"오랫동안 내 배필을 알아볼 수 있는 눈을 달라고 기도해 왔는데 결국 하나님이 들어주셨어. 내가 당신을 만난 것이 그 증거야."

그리고 처음 만났을 때의 그 마음을 그제야 고백했습니다.

　"내가 당신한테 돌아서서 명함을 준 건, 당신을 놓치면 평생
　결혼 못할 것 같다는 생각이 들어서였어."

우리가 천상 부부가 될 인연이었을까요? 제 명함을 받은 순간 아내
역시 나와 함께 할 것 같다는 예감이 들어서 장모님에게 이런 말을
했다는 겁니다.

　"엄마! 나 <은행나무 침대>에 출연했던 배우를 만났는데 나
　아무래도 그 사람과 결혼할 것 같아."

그랬더니 장모님께서 기가 차다는 표정으로 폭소를 터뜨리시더니,
"너 많이 아픈가 보다. 빨리 미국에나 가."라고 하셨다는 겁니다.
그때만 해도 장모님도 배우 사위를 얻을 것이라고는 꿈에서도
생각하지 못했던 것입니다.

나는 아내가 너무 좋다

가끔 선배들이 부인을 처음 만났을 때의 감정을 종종 이런 말로 표현하곤 했습니다.

"그 사람 봤을 때 머리에서 커다란 종이 뎅뎅 치는 것 같더라니까."

내가 "에이, 너무 미화하지 마세요."라고 하면 선배들이 이렇게 말합니다.

"네가 그런 사람을 못 만났으니 이렇게 노총각 중에서도 상 노총각으로 살고 있는 거야."

그래도 믿지 않았다가 아내를 통해 그 느낌을 체험한 후에야 비로소 선배들의 말에 공감이 되더군요. 아내를 처음 만났을 때 가슴이 덜컹하면서 내 머리에서 '뎅! 뎅! 뎅!' 하고 종이 울린 것 같았거든요. 그 종소리는 하나님이 우리를 축복해주시는 신호가 아니었을까요. 지금도 나는 사람들과 관계를 맺을 때면 기도를 드립니다. 나는 주변에서 만나는 사람들을 그냥 스쳐지나가는 사람이라고 생각하지 않습니다. 하나님이 나를 어떤 상황 속으로 보내든, 나에게 어떤 사람을 보내든, 다 하나님이 계획하신 의미 있는 것으로 생각하기 때문입니다.

앞에서도 언급했던 것처럼, 아내는 나에게 나날이 새롭고 긍정적인 면을 보여주고 있습니다. 양파가 그러하듯 까고 또 까도 아내에게서 좋은 것들이 계속 나오는 것 같습니다. 결혼 전에는 병마와 싸우는 아버지를 집에 모셨으며, 어머니에게도 매일 전화하여 안부를 묻거나 맛있는 음식을 만들어 보냅니다. 보석 같은 아이를 둘이나 낳아 잘 키우고 있으며, 바깥일을 하는 나를 배려하여 늘 편안하게 해주고 있습니다. 배우라는 직업에는 특성이 많습니다만 그 중 가장 큰 것이 많은 사람을 만나는 것과 내 삶이 대중들에게 자주 노출된다는 점입니다. 그러기에 우리는 보통 직장인들보다 말과 행동에 훨씬 더 조심해야 하고 밖에서는 늘 긴장하고 조심해야 합니다. 집에 들어서는 순간

가족이 남겨준 소중한 자산

비로소 긴장을 풀게 되는데 혼자 살 때에는 편안한 공간과 따뜻한 대화를 나눌 사람이 절실했던 적이 많았습니다. 그러나 지금은 아내가 그것들을 다 충족해 주고 있습니다. 존재 자체만으로도 아내는 하루 동안 내가 가지고 있었던 모든 긴장감을 봄눈 녹듯이 사라지게 합니다. 나는 아내와 함께 있을 때가 마음이 제일 편합니다. 결혼 전에는 모든 것을 혼자 처리해야 했습니다. 지금은 아주 사소한 것부터 중요한 것 까지 아내와 의논합니다. 내가 혼자 떠맡고 있던 모든 것들을 이제는 아내에게 다 맡기고 있습니다. 모든 것을 믿고 맡길 수 있는 사람이 아내이기 때문입니다. 나는 아내를 반려자이자 세상에서 가장 친한 친구라고 생각합니다. 나는 늘 그런 아내에게 보답할 생각을 합니다. 이루어진 것도 많지만 지금의 내 능력 밖에 있는 것까지 생각합니다. 아내에게 보답하고 아내를 행복하게 하는 상상만으로도 즐겁기 때문입니다. 해외에서 촬영하다 보면 종종 여행 온 노부부가 손을 꼭 붙잡고 길을 걷다가 잠시 발걸음을 멈추고 입을 맞추는 모습을 보게 되는데 그런 모습이 너무 아름답게 보이더라고요. 아내에게 나는 그런 남편이 되어주고 싶습니다. 나이를 먹어도 지금보다 더 사랑하고 표현하면서 살고 싶습니다. 다시 고백하건데 나는 아내랑 놀 때가 정말 제일 재밌고, 제일 좋습니다. 팔불출이라고 비웃어도 상관없습니다.

울림

가족이 남겨준 소중한 자산

서로 사랑하고
이해하는 과정

결혼하고 난 후 어머니가 우리 부부에게 이런 말씀을 하셨습니다.

"서로를 불쌍하게 생각하고 다독이면서, 그렇게 서로 살아라."

우리는 어머니의 이 말씀을 금과옥조로 여기면서 살아가고
있습니다. 나는 결혼이 A와 B가 만나서 A+B가 되는 것이
아니라, C가 되는 과정이라 생각합니다. 상대를 자기 입맛에
따라 고치려고 하지 말고 서로 이해하고 배려하고 사랑하며,
서로 다른 부분을 맞추려고 노력하는 것이 C로 향해 나가는
과정입니다. 다른 환경에서 다른 가치관으로 몇 십 년을 살아온
사람들이 만나서 함께 사는 것이 결혼생활일진대, 어찌 사소한
가치관의 충돌이 없겠습니까? 신이 아닌 이상, 세상에 어느 사람이

울림

다 완벽하게 장점만 갖추고 있을 수 있겠습니까? 나는 '털어서 먼지 안 나는 사람이 없다.'는 말을 가장 싫어합니다. 이 말에는, 누군가를 음해하고 공격하겠다는 심리가 깔려 있는 것 같기 때문입니다. 부부가 만나 서로 사랑하면서 살아갈 시간이 과연 얼마나 될까요? 왜 상대방의 단점이나 잘못을 굳이 찾아내어, 반목하고 미워하면서 그 아까운 시간을 허비해야 하나요? 서로 이해하고 배려하면서 상대방의 단점까지도 사랑하는 관계, 그것이 부부라고 나는 생각합니다.

'남자가 여자에게 하는 프로포즈는 결혼 전 가장 큰 선물이며, 그것을 받아준 여자도 남자에게 준 가장 큰 선물이다.'

고맙게도 우리 부부가 사는 모습이 주위 사람들에게도 선한 영향을 주었나 봅니다. <연예가 중계>를 촬영할 때였습니다. 공동진행했던 정지원 아나운서가 결혼을 앞두고 이런 말을 했습니다.

"선배님의 결혼 생활을 보면서 결혼하면 참 행복할 것 같아요. 결혼이 그런 거죠?"

　　가족이 남겨준 소중한 자산

조충현 아나운서도 비슷한 말을 했던 것 같아요. <연예가 중계>를
진행할 때 만난 기자출신 박현민 편집장은 나에게 결혼식
주례를 부탁하기도 했습니다. 왜 굳이 나한테 주례를 부탁했냐고
물어봤더니 이렇게 대답했습니다.

"지금까지 살아오면서 제 눈에 가장 행복해 보이는 사람이
형님이었거든요. 저도 형님처럼 서로 사랑하며 행복하게 살고
싶어요."

참 고마운 말이었습니다. 서로에게 고마워하고, 서로 이해하며
사는 모습이 주변 사람들이 보기에 좋았나 봅니다. 아내에게
이런 이야기를 하면 깔깔 웃습니다. 사실 우리 부부도 의견
차이로 다투기도 하고 속상한 일이 생기면 어렵고 불편할 때도
있거든요. 하지만 다툰 후에는 그 감정을 절대로 오래 두지 않고
바로 해결해 버립니다. 두 사람 중 한 사람이 먼저 미안하다고
하면 금방 갈등이 해소됩니다. 다만 다시 그때의 갈등에 대한
자신의 주장을 하지 않습니다. 시간이 지나고 보면 정말 아무 것도
아닌 것들이거든요. 해결하고 자시고 할 것도 없습니다. 사랑하는
부부끼리 해결하지 못할 갈등이란 없습니다.

가족이 남겨준 소중한 자산

아이는 어른의 아버지

스코틀랜드의 소설가이자 시인인 조지 맥도널드는 이런 글을
남겼습니다.

> '이 세상에 태어나 우리가 경험하는 가장 멋진 일은 가족의 사랑을
> 배우는 일이다.'

가족에 대한 정의 중에서 가장 적절한 표현이 아닌가 합니다.
반복하지만 나는 가족으로부터 넘치는 사랑을 받으면서
자라왔습니다. 지금도 마찬가지입니다. 내가 아내와 아들에게
사랑을 준다고 생각했는데 시간이 지나면서 내 사랑이 메아리처럼
가족으로부터 되돌아오고 있다는 것을 알았습니다. 내가 준
것보다 훨씬 더 크게 말입니다. 어느 날 밤이었습니다. 잘 시간이

지났는데도 민준이가 잘 생각을 안 하더니, 나에게 다가와서 "아빠! 같이 자자!"라고 하더라고요.

"어떡하지? 아빠는 책 내는 것 때문에 정리해야 할 것이 많은데…."

이렇게 달래보았지만 그날 밤에는 유독 아이가 계속 조르더라고요. 그러면서 "아빠! 사랑해요. 같이 자요! 보고 싶어요!"라고 하는 겁니다. 그런 말을 듣고 내가 어떻게 모른 척 할 수 있겠습니까. 바로 아이를 안고 침대로 갔습니다. 아이에게 팔베개를 해주고 가슴을 토닥토닥 두드려 주니 금방 잠이 들었습니다. 곤하게 잠든 아이를 내려다보다가 이런 생각을 했습니다.

'이렇게 어린 네가 아빠에게 따뜻한 말을 해주는구나. 아빠도 다른 사람들에게 네가 한 것처럼 따뜻한 말로 위로해 주어야겠다. 민준아, 정말 고맙다.'

사소하지만 따뜻한 말 한마디가 상대방에게 큰마음을 줄 수 있다는 사실을, 어린 민준이를 통해서 다시금 상기한 것입니다.

가족이 남겨준 소중한 자산

가족은 존재만으로도 감사하고 힘이 되지만 서로에게 그 마음을 표현할 때는 더 큰 힘이 된다는 것도요.

직업의 특성상, 내가 갖게 된 한 가지 나쁜 습관이 있습니다. 밥을 너무 빨리 먹는다는 점입니다. 스케줄이 늘 그렇게 불규칙적이며 촬영 현장 또한 워낙 바쁘게 돌아가다 보니, 규칙적으로 느긋하게 식사를 할 수 없습니다. 그래서 짬을 내어 식사를 하게 됨으로써 최대한 빨리 먹게 되는데 그 습성이 집에서도 그대로 이어지나 봅니다. 어느 날 밥을 먹고 있는 내 모습을 보더니, 민준이가 이렇게 말하는 겁니다.

    "아빠, 꼭꼭 씹어 먹어."

아이가 보기에도 내가 밥을 너무 급하게 먹는 것 같았던 모양입니다. 사실, 이 말은 제가 아이들에게 늘 했던 말인데 민준이가 그 말을 기억하고 있었나 봅니다. 참 부끄러웠습니다. 이후 식사를 할 때면 민준이의 말을 생각하면서 급하게 먹지 않으려는 노력을 하게 됩니다.
식사 습관에 대해 민준이에게 지적 받은 것이 또 있습니다.
영화촬영을 하다 보면 배우들이 현장에 마련된 '밥차'에서 식사할 때가 많습니다. 그런데 온전히 식사만 하는 게 아니라, 밥을 먹으면서 모니터링을 하고 의견을 주고받는 경우가 많습니다. 식사 시간 또한 일의 연속인 셈입니다. 그러다보니, 나도 모르게 밥을 먹으면서 계속 말을 하는 버릇이 생겼습니다. 그런데 나는 그 습관을 모르고 있었습니다. 집에서 민준이와 식사를 하다가, 문득 나의 나쁜 습관을 깨달았습니다. 밥을 먹던 중, 민준이를 살펴보니 입을 다문 채 조용히 먹고 있는 겁니다. 나는 계속 말을 하면서 먹고 있었고요. 내가 어렸을 때 어머니가 하신 말씀이 떠올랐습니다.

"현준아, 음식이 입 안에 있을 때는 말하는 거 아니야. 조용히 입을 다물고 먹는 거야, 말을 하고 싶으면 다 먹고 해야지."

어머니에게 지적을 받은 후로는 계속 그렇게 식사를 해 왔습니다. 그러다가 영화 일을 하면서 그 습관을 잊고 살게 되었습니다. 먹으면서 말을 하는 것이 습관처럼 되어 있었던 것입니다. 그런데 최근 입을 다물고 조용히 식사하는 민준이 모습을 보고 다시 깨우치게 되었습니다.

부모는 아이를 보면서 다시 큰다는 말이 있습니다. 내가 그 증거입니다. '삼인행 필유아사(三人行 必有我師)'라는 『논어』 말씀이

가족이 남겨준 소중한 자산

생각납니다. 세 사람이 길을 걸으면 그 가운데 반드시 나의 스승이 될 만한 사람들이 있다는 말입니다. 스승은 멀리 있는 것이 아니라, 늘 가까이에 있다는 것을 다시 한 번 깨닫게 되는 순간이었습니다. 그 대상이 어른이든 아이든 말입니다.

> 저 하늘 무지개를 보면
> 내 가슴은 뛰노라.
> 나 어린 시절에 그러했고
> 어른인 지금도 그러하고
> 늙어서도 그러하리.
>
> 그렇지 않다면 차라리 죽는 게 나으리.
> 아이는 어른의 아버지.
> 내 하루하루가
> 자연의 숭고함 속에 있기를.

윌리엄 워드워즈의 시 <무지개>입니다. 시인은 '아이는 어른의 아버지'라고 했습니다. 순수함과 어른들로부터 배운 교훈을 그대로 간직하고 있는 아이들을 통해서, 진실과 정도를 잊고 살아가는 우리 어른들을 깨우치는 말이 아닐까 하고 생각해 봅니다.

얼굴이 바뀐 까닭

결혼도, 자식 보는 것도 참 늦었습니다. 아버지가 돌아가시기 전에 겨우 결혼해서 아이를 낳았습니다. 그래서 가끔 내 영혼의 동반자인 아내에게, 왜 그렇게 늦게 나타났냐고 농으로 따지기도 합니다. 만으로 마흔 여덟에 첫아이가 태어난 후, 문득 이런 생각이 들었습니다.

'내가 이 아이의 결혼식에 참석할 수 있을까?'

그러자 가슴이 쿵 하고 내려앉는 느낌이 들었습니다. 부모님도 늦둥이로 태어난 나를 두고 그런 생각을 하셨을 텐데 나보다 아이가 더 늦게 태어났잖습니까. 다행히 아버지는 내 결혼식에 참석하셨지만 내가 과연 아이의 결혼식에 참석할 수 있을 지에

가족이 남겨준 소중한 자산

울림

대해서는 자신이 없었습니다. 그러면서 급기야 내 건강과 죽음까지 생각하게 되었습니다.

'내가 만약 떠나게 되면 세상에 남겨질 가족을 위해서 무엇을 해야 하지?'

갑자기 이런 생각이 들어서 아내에게 내 심정을 밝혔더니 마구 화를 내더라고요. 왜 벌써 그런 말을 하느냐면서요. 아내로서는 섭섭할 수 있겠지만 나이 많은 아빠로서는 그런 생각을 하지 않을 수가 없었습니다. 나는 아이의 아빠이니까 준비하는 것도 당연합니다. 우선 건강부터 챙기기로 했습니다. 가능한 한 오래 가족들과 함께 할 수 있게요. 또 내가 없더라도 외롭게 살아가지 않도록, 아버지가 나에게 해주셨던 것처럼 함께 추억거리를 많이 만들기로 굳게 다짐했습니다.

종종 아이들에게 나이 많은 아빠를 두게 한 것에 대해 미안한 마음을 가지게 됩니다. 일이 늦게 끝나서 아이들과 함께 놀아주지 못하거나 부득이하게 혼을 낼 때 내가 아이들에게 상처를 주는 건 아닌가 하는 걱정이 들곤 합니다. 바빠서 늦을 수도 있으며 혼을 낼 수도 있지만 남들보다 함께 할 시간이 적다는 생각 때문에 더욱 애처로운 마음을 가지게 되는 것 같습니다. 사실, 내 나이가

70이 되어도 아이들은 완전히 독립할 나이에 이르지 못합니다. 결혼할 나이는 더더욱 아닐 테고요. 그래서 아버지가 늦은 결혼을 하는 아들을 위해 끝까지 버티고 지켜주셨던 것처럼, 내가 과연 아이들과 한 다짐을 지킬 수 있을까, 지키지 못하면 어떻게 하지? 하는 생각에 벌써부터 미안해지는 것입니다. 하지만 이런 미안함이 꼭 부정적이지는 않은 것 같습니다. 그러한 마음이 나로 하여금 더욱 가족들에게 더 잘하고 더 많은 사랑을 주려고 하거든요. 그런 선한 미안함이 가족과 함께 하는 매순간을 소중하게 여기게 하고 아이들에게 더 따뜻한 사랑을 줄 수 있다고 생각합니다.

아들 민준이의 첫 생일날 편지를 썼습니다. 어린 아이가 편지를 읽을 수 없겠지만 왠지 너무 설레고 떨렸습니다. 그래서 무슨 말을 써야할 지를 미리 연습장에 써 본 후, 다시 정리해서 다음과 같이 카드에 옮겨 썼습니다.

사랑하는 내 아들 민준아! 민준이의 첫 생일을 진심으로 축하한다. 엄마 아빠의 아들로 태어나 줘서 정말 고마워. 하나님이 민준이를 크신 사랑 안에서 보호해 주실 거야. 항상 건강하고 바르게 성장하길 기도하마. 항상 감사하고, 항상 행복하자. 민준이의 아빠라서 아빠는 너무너무 행복하구나. 사랑한다, 아들! 행복하자! 축복한다!

사랑하는 내 아들 민준아!
민준이의 첫 생일을 진심으로
축하하고 축복한다.
아빠 엄마의 아들로 태어나줘서
고맙다.
민준이가 하나님의 크신 사랑과
빛 아래서 항상 건강하고 바르게
성장하길 기도한다.
항상 감사하고 항상 행복하자.
민준이의 아빠라서
아빠는 너무 너무 행복하란다.
사랑한다! 아들아! 영원히!
2017. 4. 4. 아들의 첫 생일날 -아빠가-

가족이 남겨준 소중한 자산

예전에는 친구들에게 좋은 일이 있으면 "축하해!"라고 했습니다.
아이를 낳은 후부터는 "축복해!"라는 말을 더 많이 하게
되었습니다. 부모가 되니, 아이의 존재 그 자체만으로 축복임을
깨닫게 되고 매사에 감사하게 되었거든요.
요즘 결혼한 후배들과 대화를 하다보면 아이를 낳을지 말지에
대해서 고민이 많은 것 같습니다. 삶이 워낙 팍팍하니까
그렇겠지요. 그런 고민을 하는 후배에게 나는 늘 이렇게
조언합니다.

"아이는 꼭 낳아라. 그건 정말로 삶에서 느낄 수 있는 가장 큰
행복이다."

아이를 낳으라는 내 말에 이렇게 반론하는 후배도 있습니다.

"아이를 낳고 기르려면 돈이 너무 많이 들잖아요. 힘도 들고.
그냥 부부끼리만 재밌게 살면 되지 않아요?"

그러면 이렇게 대답해 줍니다.

"아이를 낳으면 부모가 더 열심히 살게 돼."

내가 아이를 낳고 행복해 하며 사는 모습을 보고 아이를 낳은 후배들도 많습니다. 나이가 그렇게 많지 않은데도 나에게 주례를 부탁하는 후배들이 많습니다. 아이를 낳고 행복하게 사는 내 모습이 너무 좋아서 그런다는군요. 그래서 어색하고 민망했지만 주례를 몇 번 보기도 했습니다. 결혼하고 아이를 낳은 후부터 내 얼굴(인상)이 많이 바뀌었다는 말도 자주 듣습니다. 확실히 내 인상이 많이 바뀌었나 봅니다. 한번은 방송에서 다른 출연자의 이야기를 들으면서 웃고 있는 모습이 나온 적이 있었습니다. 그런데 그때 어떤 자막이 뜬 줄 아세요? '아빠미소'였습니다. 제 얼굴과 표정이 그렇게 바뀐 것을 다른 사람들이 먼저 아는 것 같습니다. 한 사람이 어떤 인생을 살아왔는지를 보여주는 것이 얼굴이라는 말이 있잖아요. 나의 경우 즉 내 얼굴은 아이들을 낳고나서 많이 변했습니다. 얼굴이 많이 변했으니, 내 삶 또한 많이 변했다고도 할 수 있습니다. 반대로 내 인생이 아이들을 통해 바뀌면서, 내 얼굴이 바뀌어졌을 수도 있고요.

이렇게 얼굴이 바뀐 까닭은 당연히 아내와 아이들 때문입니다. 무엇보다 아이들이 있으니 늘 말과 행동을 더 조심하게 되고 아내와도 좋은 말을 쓰려고 애쓰는 습성이 생기게 되니, 밖에 나가서도 집에서와 거의 같은 언행을 하게 되는 것 같습니다. 아이들 덕분에 조심하고, 고치고, 배려하고, 이해하려고

가족이 남겨준 소중한 자산

노력하다보니, 어느새 습관이 되어 있더라고요. 세상에서 가장
큰 기쁨은 탄생의 기쁨입니다. 아이의 탄생 자체도 큰 기쁨이지만
아이들이 자라는 모습을 보면서 어른들의 인생이 바뀌는 것
같습니다.

"민준아, 예준아.
아빠는 민준이, 예준이 아빠라서 너무너무 고맙고 행복해.
우리 좋은 추억 많이 많이 만들고, 많이 많이 사랑하면서 살자.
아빠는 민준이, 예준이 너무너무 사랑해."

울림

내 최고의 가치는 가족

내가 사랑했고 지금도 여전히 사랑하는 영화를 잠시 내려놓고 있는 중입니다. 영화가 아닌 다른 것에 도전하고 있거든요. 그 도전은 바로 사랑하는 내 가족과 내 아이들을 위해서 멋진 아빠가 되는 것입니다. 아버지가 돌아가신 후에 가족이 함께 하는 시간, 아이와 함께 하는 시간에 대한 소중함을 절실히 깨달았기 때문입니다. 그래서 그렇게도 사랑했던 배우로서의 삶을 잠시 미루고 아빠로서의 꿈에 도전을 하기로 결심한 것입니다.

> "저 사람은 배우라면서 왜 연기활동은 안하고 다른 일만 하는 거야?"

가끔 듣는 말입니다. 연기를 하지 않고 TV에만 출연하고 있는

가족이 남겨준 소중한 자산

나를 못마땅하게 여기는 분들도 있는 것 같습니다. 내가 그런 결정을 내린 데에는 여러 이유가 있지만 가장 큰 것은 가족 때문입니다. 영화를 촬영하면 몇 달씩 집을 비우는 일이 잦게 됩니다. 아이들과 함께 할 시간이 없는 겁니다. 아이들의 어린 시절은 지금밖에 없는데 내가 지금 아이들과 함께 하는 것을 미룰 수는 없습니다. 그 시간은 나에게 다시는 오지 않기 때문입니다. 활동하고 있지는 않지만 여전히 영화 시나리오가 계속 들어오고 있습니다. 그 중에는 정말 나에게 적합하고 해보고 싶다는 마음이 드는 작품이 있습니다. 그런 작품을 만났을 때는 솔직히 아깝기도 합니다. 그렇지만 정중하게 지금은 영화출연을 할 수 없다고 거절할 수밖에 없습니다. 아이들이 어렸을 때 많은 시간을 보내야겠다는 것은 나와의 약속입니다.

TV는 좀 다릅니다. 영화만큼 바쁘고 불규칙한 것은 마찬가지이지만 최소한 매일 집으로 돌아갈 수 있어 사랑하는 아이들과 함께 보낼 수 있는 기회가 주어집니다. 나를 배우로서의 자격이 없다고 비난해도 좋습니다. 나에게는 배우로서의 꿈보다 아이들이 더 소중합니다. 지금 나에게는 아이들이 자라는 모습을 지켜보면서 함께 시간을 보내고 아빠와의 추억을 만들어 주는 것이 더 중요합니다. 함께 시간을 잘 보내고 난 후, 아이들이 좀 더 크면 그때 다시 영화배우로 돌아가고 싶습니다. 기회가

올림

주어질지는 모르겠지만 그때가 되면 내 나이에 맞고 내가 할 수 있는 역할이 분명히 있을 것이라고 생각합니다. 지금은 오로지 가족에게 집중하려고 합니다. 배우로서의 꿈을 잠시 보류하는 것이 아쉽기만 하지만 '아이들과 함께'라는 새로운 꿈에 도전 중이니만큼, 지금에 최선을 다하는 모습을 보여주고 싶습니다. 천직으로 생각했던 직종에서 비켜 있다가 큰 기회를 놓치는 한이 있더라도 나는 기꺼이 감내할 것입니다.

우리 사남매는 한 집에 살면서 아버지와 어머니의 사랑과 보살핌으로 자라고 성장했습니다. 지금은 각자의 삶의 공간에서 생활하면서 추억을 공유하고 서로를 응원하고 지지해 주는 사이가 되었습니다. 그 바탕은 부모님이 만들어 주신 소중한 순간들이 있었기 때문입니다. 또한 그러한 사랑과 희생이 바탕이 되어, 우리 남매가 사랑하면서 살아가는 내내 힘이 되어 주었습니다. 이제는 우리가 누렸던, 우리가 차곡차곡 쌓아놓았던 것들을 각자의 아이들과 반려자들에게 나누어 주면서 가족을 지켜나가고 있습니다. 지금의 나 또한 서로를 위해주는 가족들의 사랑 덕분에 존재하고 있는 것입니다.
사랑 중에서도 가장 큰 사랑은 가족의 사랑이며, 내가 가장 큰 가치를 두고 있는 것이 가족을 사랑하는 일입니다.

가족이 남겨준 소중한 자산

울림

가족이 남겨준 소중한 자산

삶의 지혜를 준 분들

여러 사람이 길을 같이 가면 내 스승이 있다.
좋은 점은 가려서 좇고, 좋지 않은 점은 고쳐야 한다.
_논어

나를 깨우치는
방울 소리

임권택 감독님을 빼놓고는 내 인생을 감히 이야기할 수 없습니다.
신현준이라는 사람이 배우로서 지금 이 자리에 있을 수 있었던
것은, 임권택 감독님과의 소중한 만남에서 시작되었다고 해도
과언이 아니기 때문입니다. 나는 대학에서 체육교육학을
전공했습니다. 그런데 막상 영화현장에 뛰어들고 보니, 연기에
대한 이론적 배경이 너무 부족하다는 것을 알게 되었습니다.
더구나 선배들이 연기에 대해 이야기할 때 생소한 용어와 이름을
접하게 되면 대화에 끼어들기가 난감했던 적도 많았습니다. 연기에
입문하기 전에 도강으로 얻은 지식이나 연기 이론 관련서적을 읽어
보았지만 연기 전공을 한 선배들을 만나면 늘 주눅들곤 했습니다.
그래서였는지, 연극영화과로 전과해서 본격적으로 연기 공부를
하고 싶다는 욕망이 늘 내 마음속에서 꿈틀거렸습니다.

삶의 지혜를 준 분들

오랜 고민 끝에 영화를 찍던 중 짬을 내어 감독님에게 조언을
구하기로 했습니다.

"감독님, 저 연극영화과로 편입하고 싶습니다. 연기 이론이 너무
부족한 것 같아서요."

그러자 감독님이 빙긋 웃으면서, 이렇게 말씀하시는 것이었습니다.

"현준아! 나는 너보다 훨씬 어린 나이에 영화현장에서 일을
하기 시작했어. 영화가 너무 좋았거든. 그 어린 나이에 소품
일부터 시작을 했는데 난들 그런 생각을 안 해 봤겠니? 제대로
영화를 공부해 볼까 하고 말이야. 하지만 난 현장을 선택했어.
왜냐면 현장에서 배우는 게 너무 많았거든. 내가 지금 이
자리에 있는 건 단언하건데 하루도 빠짐없이 현장에서 배우는
게 산교육이라고 생각했기 때문이야. 촬영장이야말로 가장
생생한 교육현장이라고 생각했어. 잘 생각해 봐. 그리고 내
말에 공감한다면 너도 내일부터 촬영 없을 때는 나와서 현장을
배워."

감독님의 말씀이 너무 마음에 와 닿았습니다. 내가 전과를 하려는

것이 지적 허영심 때문일 수도 있다는 생각이 들자, 더 이상 고민할 이유가 없어졌습니다. 촬영이 없을 때는 적극적으로 스태프로서 참여했습니다. 그렇게 지나고 보니 과연 현장에서의 경험은 정말 큰 배움이었습니다. 감독님이 나의 고민을 이해하고 조언해 주신 덕택에 후회 없이 영화인으로서의 길을 걸을 수 있게 된 것입니다. 임권택 감독님을 만나지 못했다면 절대 일어나지 않을 일이었고 스스로도 선택할 수 없었던 길이었습니다.

<장군의 아들 2> 촬영장에서 있었던 일입니다. 지방 촬영 중에 일정을 다 마치고 나서 각자 방에서 쉬고 있었습니다. 숙소는 정사각형에 기와집으로 '조양여관'이라는 간판이 붙은 작은 여관이었습니다. 촬영팀 모두가 숙소로 쓰던 곳이었습니다. 새벽이 가까워졌을 무렵이었습니다. 비몽사몽간에 누군가가 나를 부르는 소리가 들렸습니다.

"현준아!"

방문을 열었더니, 감독님이 뒷짐을 지고 서서 웃고 있는 것이 아닙니까. 깜짝 놀랐습니다. 그도 그럴 것이, 그때만 해도 너무 사랑하고 존경하는 분이지만 차마 어려워서 표현을 못하고 있을

삶의 지혜를 준 분들

때였기 때문입니다.

"들어가도 되냐?"

"예, 들어오십시오."

얼른 감독님을 방으로 모신 다음, 무릎을 꿇고 마주 앉았습니다.
그때가 전체적으로 촬영이 끝날 무렵이었습니다. 스태프들과
약주라도 한 잔 하셨는지 얼굴이 좀 불그스레해 보였습니다.

"편하게 앉아."

"이게 편합니다."

"현준아! 너는 날 어떻게 생각하니?"

"존경하고 사랑합니다!"

"그런 거 말고."

"저는 정말 감독님하고 일하게 돼서 행복하고 영광이고……."

"내 눈을 봐."

이렇게 말씀하셨지만 감히 감독님의 눈을 바로 못 보겠는 겁니다.
내가 머뭇거리자 감독님은 내 얼굴에 자신의 얼굴을 바싹
다가대시더니 이렇게 지시했습니다.

울림

"똑바로 봐."

어쩔 수 없이 감독님을 바라보고 있는데 문득 이런 말을 하시는
겁니다.

"나는 무서운 사람이야, 현준아."
"예?"
"다른 사람한테 무서운 게 아니라, 나 자신에게 무서운
사람이야. 너 스스로에게 무서워야 좋은 배우가 되는 거야,
알겠니? 사랑한다."

이 말씀만 남기고 그냥 방을 휭 하니 나가시는 겁니다. 배웅할
겨를조차 없이요. 꼭두새벽에 갑자기 찾아오셔서 스스로를
무서워해야 좋은 배우가 될 수 있다니…, 한참 동안 그 의미를
새기고 있다가 그만 깜짝 놀라고 말았습니다. 그 울림이 너무나
커서 한동안 자리에서 일어날 줄 모른 채 깊은 생각에 잠기고
말았습니다. 자신에게 무서운 사람이 되라는 것은, 자신을
철저하게 관리하는 사람이 되라는 뜻이었습니다. 그 자리에서
마음속 깊이 다짐했습니다.

'나에게 무서운 사람이 되자, 남이 보지 않는다고 하여
인간으로서의 기본자세를 흐트러트리지 말자, 내 연기를
가혹할 정도로 비평하자.'

그 다짐은 지금까지도 잊지 않고 지키려 노력하고 있습니다. 임권택
감독님의 그 날 말씀 한 마디가, 나 자신을 철저하게 관리하고
다듬을 줄 아는 사람으로 성장시켜 준 것입니다.
문득 어떤 책에서 접했던 조선 중기의 학자 남명(南冥)
조식(曺植) 선생의 일화가 떠오릅니다. 조식 선생은 외출할
때 늘 경의검(敬義劍)이라는 칼을 차고 다님으로써 별명이
'칼 찬 선비'였다고 합니다. 이 칼에는 '안으로 밝히는 것은
경(敬)이요, 밖으로 결단케 하는 것은 의(義)이다(내명자경內明者敬
외단자의外斷者義)'라는 글이 새겨져 있었는데 안으로는 거울과
같은 마음을 유지하고 밖으로는 과단성 있는 실천을 이룩하고자
하는 각오를 다지기 위함이었습니다. 선생은 경의검과 함께
성성자(惺惺子)라는 방울 한 쌍도 항상 차고 다녔습니다. 걸음을
옮길 때마다 들리는 방울소리를 통해 늘 깨어있는 마음가짐을
유지하기 위함이었다고 합니다. 결국 임권택 감독님이 나에게
주신 '스스로를 무서워하라.'는 경책의 말씀이, 조식 선생의 경의검
그리고 성성자와 일맥상통한다는 사실을 인식하게 된 것은 나중의

일이었습니다. 감독님이 딱 한 마디로 나를 깨우치는 귀한 방울 하나를 주신 것입니다.

삶의 지혜를 준 분들

어떤 배우가 되고 싶어요?

<장군의 아들 2> 촬영이 끝날 때 쯤, 한 매체에서 임권택
감독님를 모시고 인터뷰를 진행했습니다. 나를 비롯한 배우와
스태프들은 여관방 안에서 소리로만 감독님이 인터뷰하는 장면을
엿들었습니다. 인터뷰 도중에 기자가 감독님에게 배우들에 대한
평가를 부탁했습니다. 몇몇 배우들에 대한 평가가 이어지던 중에
기자가 이런 질문을 했습니다.

"하야시 역할을 했던 신현준 신인배우를 어떻게 생각하세요?"

나에 대한 이야기가 나오자 순간 숨이 턱 하고 멈출 듯
긴장했습니다. 감독님이 나를 어떻게 평가해 주실 지 너무
궁금했기 때문이었습니다. 이어진 감독님의 나에 대한 평가에

나는 마치 몽둥이로 머리를 한 대 맞은 듯, 강렬한 기쁨을 맛볼 수 있었습니다.

"내가 만난 배우 중에 선과 악이 공존하는 유일한 배우입니다."

존경하는 감독님 입에서 신인배우인 나에게 '유일하다'는 말씀이 나오리라고는 상상도 못했기 때문입니다. 너무나 과분했습니다.

"오디션 장에서 신현준이 가진 얼굴을 가만히 살펴봤어요.
맡을 역할이 하야시였는데 만약 하야시를 극중에서
악역으로만 그리기로 했다면 저 친구를 뽑지 않았을 거예요.
저 친구는 하야시를 틀림없이 매력적으로 만들 수 있는
사람이라고 생각했습니다. 신현준이는 선과 악이 공존하는
얼굴이기 때문에, 그런 하야시를 감성적으로 표현해 낸
배우예요."

그 말씀을 듣고 너무 감사했습니다. 내가 모르는 나의
모습을 감독님이 찾아내어 알아보셨던 것이잖습니까. 훗날
<씨네21>이라는 영화 잡지에서 인터뷰를 하면서 그때의 고마움을
고백했습니다.

"나를 술이라고 한다면 나는 바로 임권택 감독님이라는
술독에서 빚은 술입니다. 임권택 감독님을 떠난 배우 신현준은
없습니다. 저는 앞으로 살면서도 임권택 감독님의 명성에
누가 되지 않는 배우가 되겠습니다. 저에게 어떤 배우가 되고
싶은지에 대해 묻는다면 저는 지금도 이렇게 대답할 겁니다.
저를 처음으로 캐스팅해 주시고 저한테 영화의 본질 그리고
인생을 가르쳐 주신 임권택 감독님께 누가 되지 않는 배우,
저의 스승님께 자랑스러운 배우가 되고 싶은 게 제 꿈입니다."

감독님은 결혼하지 않고 있는 나를 볼 때 마다 안타까우셨는지
이렇게 말씀하곤 했습니다.

"야, 내가 주례 같은 건 많이 안 해. 주례 부탁 많지만
어지간하면 다 거절해. 근데 말이다. 왜 그런지 네 주례만큼은
꼭 내가 하고 싶어."

그래서 내가 하루는 이렇게 말씀드렸습니다.

"포기하셨으면 좋겠습니다. 감독님, 저는 결혼 생각이
없습니다."

울림

"진짜? 진짜?"

"네, 결혼할 생각이 전혀 없어요."

"아 그래? 그럼 나도 이제 주례 노릇 여기서 접으마."

그러시더니 진짜 아무한테도 결혼식 주례를 안 하시는
것이었습니다. 그 후의 일입니다. 지금의 아내를 만나 결혼을
약속한 다음 감독님께 찾아 뵈러가도 될지 전화를 드렸습니다.
감독님이 기침도 심해지시고 건강이 악화되셔서 많이 힘드실
때였거든요. 감독님께 결혼할 사람을 인사시켜드리고 싶다고
했더니, 깜짝 놀라시며 당장 보자고 하셨습니다. 아내와 함께
감독님을 찾아뵙고 이런 저런 이야기를 나눈 끝에, 조심스럽게
주례를 맡아달라고 부탁했습니다.

"감독님, 제가 진짜 부탁을 드리러 왔습니다. 저희 주례
간절하게 부탁드립니다."

그랬더니 감독님이 활짝 웃으시면서 이렇게 말씀하시는
것이었습니다.

"나 이제 주례 끊었는데? 하지만 현준아, 네 주례는 내가 꼭

해야지."

고맙게도 감독님은 기꺼이 결혼식 주례를 승낙을 해주셨습니다.
결혼식을 앞둔 어느 날이었습니다. 감독님이 집으로 놀러오라고
전화를 하셔서 바로 갔더니, 아내와 어떻게 만났는지부터
물으셨습니다.

"너, 만난 그날부터 지금까지 스토리를 다 얘기해."

그래서 아내와의 첫 만남부터 결혼을 하기로 결정한 그 순간까지
상세하게 말씀 드렸더니, 감독님이 빙긋이 웃으시면서 이렇게
말씀하셨습니다.

"되게 영화적이네? 네 이야기 영화로 만들어도 되겠다야!"

그때만 해도 나는 감독님이 나의 연애 스토리가 궁금하셨던
모양이구나 하고 생각했는데 그게 아니었습니다. 감독님의
주례사에 우리의 연애사가 등장한 것입니다. 감독님다운,
고정관념을 뛰어넘는 파격적인 시작이었습니다. 하객들을
향해 "내가 사랑하는 제자가 결혼을 하는데 결혼 과정이 되게

삶의 지혜를 준 분들

영화적이에요."라는 말로 시작하시더니, 마치 토크쇼를 진행하는 것처럼 우리 부부에게 묻고 답하는 식으로 주례를 하시는 겁니다.

"그때는 어땠냐?", "서로 첫 느낌은?" 이런 질문을 하면서 재미있게 진행하시니, 하객들도 재미있게 우리의 결혼식을 지켜볼 수 있었습니다. 감독님은 평소에도 "사랑을 표현하려면 우선 나라는 사람 자체가 좋아야 된다.", "연기를 잘하는 배우보다 좋은 사람이 좋은 배우다." 라는 말씀을 자주하시면서, 배우 이전에 좋은 사람이 되어야 한다고 강조하시곤 했는데 주례사에서도 그런 말씀을 하셨습니다.

"나는 현준이가 스무 살 때 만났어요. 지금 이렇게 참 잘 성장해서 자기가 얘기했던 것들을 지켜가는 배우여서 좋습니다. 현준이는 참 좋은 사람이에요, 이 좋은 사람은 지구상에 유전자를 많이 남겨야 됩니다. 애기 많이 낳아! 둘이서 애기 많이 낳아라!"

그 말씀에 우리 부부는 물론, 하객들도 정말 많이 웃었습니다.

살아가면서 우리는 주변의 많은 사람들로부터 많은 축하를 받고

삶의 지혜를 준 분들

살아갑니다. 그 중에서도 존경하고 사랑하는 사람에게 축하를
받는 것은 그 어느 것보다 큰 기쁨입니다. 여기서 우리가 알아야
할 것은 그렇게 받은 축하, 감사, 사랑은 다시 돌려줘야 한다는 점,
받는 기쁨도 크지만 주는 기쁨이 더 크다는 점입니다. 감사하게도
임권택 감독님은 지금도 가끔 문자를 보내주시는데 <맨발의
기봉이>가 개봉되고 나서 주신 문자가 특히 기억에 남아 있습니다.

　"네가 어떻게 그런 영화를 할 생각을 다 했니? 어떻게 그런
　용기를 냈니?"

몸이 불편한 장애인 역할을 하는 것이 정말 쉽지 않다는 것을
감독님은 잘 아신 겁니다. 그러나 그보다는 내가 그 작품을
통해 새로운 변화를 보여준 것이 더 대견하셨던 것입니다. 비록
몇 마디 짧은 문자였지만 나를 늘 주시하시고 나의 변화까지
알아채 주신다는 것이 너무나 고마웠습니다. 존경하는 사람에게
인정받는다는 것은, 겸허함과 더불어 큰 용기를 가지게 된다는
것과 맥락을 같이 합니다.

감독과 배우, 스승과 제자로 만나서 오랜 세월 인연을 이어오며
내가 느낀 점은, 바로 임권택 감독님은 그 누구보다 큰 행복을 주는

분이라는 것입니다. 감독님을 만나서 정말 행복했습니다. 배우로서 나만의 색깔을 만들어 주신 분이며, 감독님께 자랑스러운 제자가 되고 싶다는 자세에 의해 성장해왔고 지금까지도 내가 이 일을 해올 수 있도록 해 주신 분입니다. 감독님은 내 인생의 큰 버팀목이자 큰 멘토입니다. 사는 동안 감독님을 만난 것은 나에게 분명히 축복입니다. 내 삶의 격을 높여 주는 인연을 만난다는 것은 인생에서 중요한 기회이자 선물입니다. 이제 감독님이 주신 그 기회와 선물을 감사히 여기고 잘 활용하여 유지하고 발전시켜 나가는 것이 일에서의 제 의무입니다.

웃음의 힘

최근 나의 필모그래피를 쭉 훑어보다가, '참 많은 작품을 했구나.'
하고 느낀 적이 있습니다. 그러면서, 내가 초반에는 진지하고
멋있는 역할을 주로 맡아왔다는 증거를 발견할 수 있었습니다.
스스로 그런 작품을 원했기 때문이었습니다. <장군의 아들>의
하야시, <비천무>의 진하, <무영검>의 군화평, <은행나무
침대>의 황장군이 그런 역할이었습니다. 멋진 주인공에서부터
본격적으로 벗어나기 시작한 것은, 2001년에 개봉되었던 코미디
장르의 <킬러들의 수다>였습니다. 항상 변화를 추구하는 임권택
감독님을 연상하면서, 스스로 무언가 새로운 변화를 꾀하고 있을
때였습니다.

코미디 장르의 작품을 선택한 것은 큰 모험이었습니다. 돌이켜
보면 연기자로서 나는 참 많은 사람들을 울려본 것 같습니다.

그런데 사람들을 울리는 것보다 훨씬 어려운 것이 사람들을 웃기는 일이라는 것을, 그 영화를 하면서 처절하게 깨달았습니다. 생각으로는 잘 될 것 같았지만 막상 연기를 해보니 정말 많은 고민과 노력을 해도 자연스럽게 연기가 나오질 않는 겁니다. 관객들의 얼굴에서 활짝 피어나는 웃음을 보기 위해서는 당연한 과정이겠지만 수많은 시간을 소비하면서 연습과 고민을 반복할 수밖에 없었습니다. 크랭크인 날은 다가오는데 제대로 된 연기가 나오지 않았습니다. 그 동안 액션이나 멜로로 굳어진 표정과 몸짓을 바꾸는 노력을 수없이 했습니다. 비로소 여러 장르를 넘나들면서 좋은 연기를 보여주시는 선배님들이 존경스럽기까지 했습니다.

그런 어려운 과정을 겪으면서, 겨우 완성된 작품 시사회를 하는 날이었습니다. 좀 더 잘했더라면 하는 아쉬움은 많았지만 나름 스스로의 변신이 대견기도 했습니다. 고맙게도 관객들의 반응도 좋았습니다. 시사회장에서 나는 잔뜩 긴장한 채 관객들의 표정을 살폈습니다. 결과는 대만족이었습니다. '관객들이 저 장면에서 웃었으면 좋겠다.'라고 생각한 것이 그대로 실현된 것입니다. 영화가 상영되는 동안, 관객들이 계속 웃으면서 즐거워했습니다. 그제야 마음이 좀 놓였습니다. 심지어 영화가 끝나고 극장 문을 나서면서도 관객들이 환한 표정을 지었습니다.

울림

그 모습을 보고 날아갈 것처럼 기분이 좋았습니다. 나의 변신과
노력이 깃든 영화를 보고 사람들이 웃어준 것입니다. 그동안에
쌓였던 피로와 걱정이 한 순간에 사라져 버렸습니다. 더불어
사람들을 웃게 만드는 일을 하는 사람들에게 고마움과 존경하는
마음이 들었습니다. '사람들을 웃게 하는 것, 이게 코미디 영화의
매력이구나.'라는 생각이 들 정도로 말입니다.

이 영화를 통해 또 얻은 것이 있다면 더 이상 연기 변신을
두려워하지 않게 되었다는 점입니다. 또 사람들을 웃게 하는
것이 얼마나 위대한 일인지를 알게 되었습니다. 임권택 감독님이
<맨발의 기봉이>를 보시고 과분한 칭찬을 해 주셨지만 나의 그런
변신은 오로지 감독님으로부터 배운 결과물일 뿐입니다. 아무튼,
이 영화를 통해서 코미디의 진가를 알게 되었으니, 웃음보다
사람들을 더 행복하게 하는 것은 없다는 것이었습니다. 이후 내가
<가문의 영광> 시리즈에 출연한 것도 그런 맥락이었습니다. 다소
민망하더라도 다른 사람들이 행복한 모습으로 웃을 수 있다면
무슨 짓이라도 할 수 있을 것 같다는 생각 때문이었습니다.

사실 나의 웃음소리는 좀 큰 편입니다. 그것이 나의 핸디캡이라고
여겨왔는데 사실은 그렇지 않았던 모양입니다. 의외로 나의 큰
웃음소리를 좋아하는 사람들이 많았습니다. "신현준씨, 한번

시원하게 웃어 주세요."라는 말을 자주 듣거든요. '설마?' 하다가
그 말이 거짓이 아닌 것을 알았습니다. 언젠가부터 '신현준' 하면
크고 호탕하게 웃는 사람이라는 새로운 캐릭터가 주어졌습니다.
이젠 숨겨두느라 답답했던 내 본연의 웃음소리를 마음껏 낼 수
있게 된 것입니다. 모자와 마스크를 착용하면 사람들이 잘 못
알아보다가도, 내 웃음소리만 듣고 바로 "신현준이다!" 하고 알
정도가 된 것입니다. 내가 출연하는 TV 프로그램 게시판에도
"신현준 씨가 웃으면 기분이 좋아져요."라는 댓글이 수없이
올라옵니다. <전지적 참견 시점>에서 내가 웃는 장면에, "신현준
씨가 오니까 스튜디오가 밝아졌어요."라고 하면서 편집자가
'박장대소'라는 자막을 넣어줄 정도가 된 것입니다. 이런 일도
있었습니다. 같은 프로그램을 할 때였습니다. 방송국 근처
편의점에 들어갔더니, 한 여학생이 자신이 고3이라면서 말을
걸어왔습니다. 내가 "공부 하랴, 알바 하랴, 힘들겠어요."라고
했더니, 대뜸 "박장대소 한번만 해주세요! 힘내게요."라고 하는
겁니다. 순간 당황했지만 '에라 모르겠다.' 하고는 크게 웃어 줬더니,
그 학생이 너무 좋아했습니다. 그 모습을 보고 나도 덩달아 기분이
좋아졌고요. 그래서 원하는 사람이 있다면 좀 망가지더라도
언제든지 크게 웃어주기로 했습니다. 그런 나의 변신은 무죄입니다.
한번은 어느 영화 시사회를 앞두고 그 영화를 연출한 감독이

나한테 전화를 했습니다. 그렇게 친하게 지낸 사이도 아니었습니다. 그저 안면만 트고 지낼 뿐이었는데 갑자기 전화해서 이런 부탁을 하는 겁니다.

"선배님, 느닷없이 부탁드려 죄송합니다. 실례를 용서하십시오. 다름이 아니라 제가 코미디 영화를 만들었는데 제 영화 시사회에 꼭 와 주시면 감사하겠습니다."
"출연한 배우들과도 친하지 않고 감독님과도 작업을 하지 않아서 가기가 좀 민망한데요."
"선배님! 제발 부탁드립니다."
"왜 저를 부르시는 거예요?"
"시사회 때 오셔서 한번 웃어 주셨으면 해서요. 시사회 때 보통 기자들이 잘 안 웃거든요. 선배님이 분위기를 좀 살려주십시오."

세상에! 내가 웃으면 사람들이 따라서 웃으니까, 분위기가 살아난다는 것이었습니다. 살다보니, 웃음소리 하나로 시사회에 초대를 받게 되더라고요. 워낙 뜬금없는 그 부탁이 당황스럽고 난감했습니다. 한편으로는, 나도 모르는 사이에 내가 웃음과 행복의 선도사가 되어버렸다는 사실이 기쁘기도 했습니다. 기꺼이

　　　　삶의 지혜를 준 분들

시사회에 참석하여 큰 웃음으로 분위기를 띄워주었습니다. 그 이후로도 내 웃음소리를 듣기 위해 시사회에 초대하는 분들이 있었습니다. 내가 웃으면 기분이 좋아진다는데 까짓것 좀 민망하면 어떻습니까? 나의 웃음이 작지만 선한 영향력으로 작용하고 있다니 말입니다. '아, 웃음이 하나님이 나한테 주신 재능인가 보다. 이 웃음이 나로 하여금 더 큰 일을 하도록 하겠구나.' 하는 생각이 들자, 그저 감사할 따름이었습니다.

피곤할 때는 보통 아무것도 안하고 싶잖아요. 기운이 없으니 마냥 쉬고 싶고요. 어느 날이었습니다. 나는 물론, 함께 일하는 사람들이 무척 피곤했던 날이었습니다. 너무 피곤하니까 쉬는 시간에도 다들 침울해 하고 있었습니다. 이래서는 안 되겠다고 생각하여, 내가 시험 삼아 크게 한번 웃어 보았습니다. 그랬더니 갑자기 분위기가 반전되면서 사람들이 다 웃게 되더라고요. 웃음의 힘을 확실히 알게 된 것이지요. 내가 이렇게 자주 크게 웃는 모습이 TV에서 자주 노출되자, 그것이 못마땅하고 불편한 사람들도 있나 봅니다. 더러 그 프로그램 게시판에는 이런 글이 올라오거든요. '신현준의 저 가식적인 웃음' '거짓웃음으로 돈을 다 버네?' 등등 악의적인 글말입니다. 하지만 나는 그런 댓글에 전혀 신경을 쓰지 않습니다. 웃음이 주는 큰 효과와 힘을 믿기 때문입니다. 과학적으로도 웃음이 건강에 도움이 된다는

삶의 지혜를 준 분들

근거까지 밝혀졌으니까요. 웃음이 사람에게 건강을 가져다주는 이유가, 보상심리에 관여하는 뇌의 신경망 활성화 때문이라고 합니다. 웃음은, 우울증 치료제인 암페타민을 처리할 경우 활성이 감지되는 영역과 일치한다고 합니다. 웃으면 복이 온다는 말이 있습니다. 웃음이 명약이라는 말도 있습니다. 잘 웃어야 좋은 일도 생기고 몸과 마음이 건강해진다는 뜻입니다. 미국 캘리포니아 로마 린다 대학의 리 버크(Lee Berk)박사도, 웃음이 반복적인 운동과 비슷한 효과를 낸다는 연구결과를 발표했습니다. 웃음이 건강에 큰 영향을 줄 수 있다는 의미입니다.

겸손이 큰 사람을 만든다

중국 춘추시대 제나라의 명재상 안영을 모시던 마부가 있었다.

나라의 제2인자였던 안영은 겸손하기 그지없었다. 거리에서 사람들이

그에게 머리를 숙여 예를 표하면 안영은 오히려 겸손해 하면서 자세를

더욱 낮추었다. 백성들이 안영을 존경하고 받들자, 정작 그를 모시던

마부가 마치 자기가 재상인 양 우쭐댔다. 이 모습을 보고 있던 마부의

아내는 이렇게 나무랐다.

"당신이 모시는 재상 어른은 스스로를 낮추며 겸손한데 당신은 한낱

마부의 지위에 있으면서도 무슨 벼슬인 양 교만하게 처신하니 참을 수

없습니다. 이제는 당신을 떠나야 하겠습니다."

그제야 자기가 교만했음을 안 마부는 그날 이후 겸손하게 처신했다.

갑자기 달라진 마부의 모습을 보고, 안영은 그 연유를 알게 되었고, 그런 아내를 가지고 겸손의 미덕을 아는 이라면 충분히 나라 일을 할 자격이 있다고 여기어 마부에게 벼슬자리를 주었다.

이렇게 굳이 옛날, 그것도 중국의 고사까지 들먹이면서 '겸허하고, 겸손하라.'고 강조하는 이유가 있습니다. 말로는 귀에 못이 박히도록 듣지만 실제로 사람이 겸손하기란 의외로 어렵기 때문입니다. 많이 가질수록, 높은 자리에 오를수록, 자기도 모르게 어깨에 힘이 들어가는 것이 인지상정이니까요. 하지만 세상일은 영원하지 않습니다. 돌고 도는 것이 세상사입니다. 지금의 거들먹거림이 나중에 큰 화를 자초하기도 합니다. 쇠가 강하다고 하지만 불에는 녹습니다. 불은 언젠가 물로 소멸되며, 물은 땅에 스며들고, 땅은 나무에게 그 힘을 잃으며, 나무는 다시 쇠에 찍혀 스러지고 맙니다. 그래서 사람은 자고로 겸손해야 합니다.

마부가 부인으로부터 겸손의 미덕을 배웠다면 나에게 겸손의 아름다움을 가장 자연스럽게 그러나 준열하게 가르쳐준 분이 안성기 선배님입니다. 신인이었을 때 임권택 감독님의 영화 <태백산맥>에 캐스팅 된 적이 있습니다. 조정래 작가의 소설 『태백산맥』을 원작으로 한, 해방 직후 좌우익의 이념 대립 속에

희생당한 소박한 마을사람들을 통해 민족의 비극과 아픔을 그린 작품이지요. 이 영화에서 안성기 선배님과 처음으로 연기를 하게 되었습니다. 내 나이 고작 스무 살 때였습니다. 안성기 선배님은 지주의 아들이자 민족주의자로서 우파에 가깝지만 빨갱이로 몰려 고초를 겪는 김범우 역할을 맡았습니다. 나는 술도가의 외아들로 풍족하게 성장했으나, 우파의 비리에 격분하여 공산주의자가 된 정하섭 역할을 맡았습니다. 김범우와 정하섭의 이념은 좀 다르지만 대척점에 서 있지 않고 서로 아끼는 캐릭터로서 교류가 잦습니다. 그러다 보니 자연히 안성기 선배님과 함께 할 수 있는 시간이 많았으며, 그분의 참모습을 보고 배울 기회가 많았습니다. 안성기 선배님은 준비와 시간을 참 중요하게 여겼습니다. 함께 숙소생활을 하면서 가만히 살펴보니, 잠자는 시간을 제외하고 손에서 대본을 절대 놓지 않았습니다. 고시생도 울고 갈 정도로, 대본에 집중하면서 촬영을 준비하고 있었습니다. 그래서 촬영현장에서 늘 여유가 있었습니다. 선배님이 좀처럼 NG를 내지 않으시는 이유가 거기에 있었습니다. 그렇게 준비가 철저하시니, 여유로울 수밖에 없었던 것입니다. 현장시간도 철저히 지켰습니다. 선배님의 시간관념은 매우 철저했습니다.

"절대로 현장(스태프)을 기다리게 해서는 안 된다."

삶의 지혜를 준 분들

울림

배우란 모름지기 일찍 현장에 도착해야만 서두르지 않고 편한
마음으로 준비할 수 있다는 것이 그분의 지론이었습니다. 그런
여유 덕분인지, 선배님은 연기자는 물론 모든 스태프들의 이름까지
기억하고 있었습니다. 안성기 선배님이 누군가에게 "저기~" "어이!"
라고 호칭하는 모습을 본 적이 없습니다. 어린 스태프의 이름까지
다 기억하고 이름을 불러 주었습니다. 누구에게든 함부로 반말을
하지 않고 꼭 존댓말을 썼습니다. 화를 내는 일도 없었습니다.
늘 따뜻한 미소로 사람들을 대했습니다. 감탄하지 않을 수
없었습니다.

'와! 저런 위치에 있는 분이 어떻게 저리 겸손할 수 있을까?'

특히 합창곡에서는 알토의 역할이 겉으로 크게 도드라지지
않는다고 합니다. 소프라노는 가장 높은 성부로 음악을 주도하며,
베이스는 화음의 기초로서 소프라노와 함께 합창의 전체 윤곽을
만듭니다. 그래서 이 둘을 외성(外聲)이라고 합니다. 반면 테너와
알토는 잘 드러나지 않는다고 하여 내성(內聲)이라고 합니다.
내성 중에서 그나마 테너는 남성적 고음이기 때문에 합창곡에서
제법 잘 들리는 편입니다. 하지만 알토는 다른 파트에 묻히어
소리가 잘 들리지 않습니다. 그렇다면 왜 알토가 합창곡에서

존재하는 걸까요? 겉으로는 드러나지 않지만 알토의 역할은
매우 중요합니다. 모든 파트와 더불어 화성을 만들어내는 중요한
파트인 것입니다. 알토는 합창곡에서 균형을 맞추는 조정자입니다.
알토가 존재하지 않는 합창곡은 건조하여 듣기에 거북해집니다.
드러나지는 않지만 꼭 필요한 알토 같은 존재는 우리 영화현장에
너무 많습니다. 조연배우들은 물론, 단역배우와 스태프들을
하나하나가 영화라는 큰 무대를 완성하는 소중한 존재입니다.
안성기 선배님은 역할이 미미한 사람들까지 존중하고 챙기는
모습을 통해, 우리에게 세상은 한두 사람에 의해 흘러가지
않는다는 사실을 은연 중 가르치고 있는 것입니다.

한번은 안성기 선배님에게 내가 준비한 연기를 평가해 주십사하고
부탁드린 적이 있습니다. 보통 다른 선배배우들은 연기를 지적해
주거나, "이렇게 해 보아라.", "저렇게 해 보아라." 라는 말씀을 해
주십니다. 하지만 안성기 선배님은 따뜻하게 미소를 지으면서
이렇게 말했습니다.

"현준아!, 내가 가르쳐 줄 게 뭐가 있니? 네가 생각하고 네가
느끼는 게 그게 해답이야. 그게 연기야."

솔직히 그때는 그 말씀이 마음에 확 와 닿지 않았습니다.

그런데 시간이 흐르고 선배의 입장이 되면서부터, 나도 모르게 후배들에게 안성기 선배님의 말씀과 행동을 따라하게 되었습니다. 그 분으로부터 받은 배움이 이제 나타나고 있는 것이지요. 안성기 선배님은 늘 행동으로 자신을 보여주곤 하셨습니다. 자기 직업에 자부심을 가지고 성실하게 일을 수행했으며, 위치에 상관없이 상대를 존중하고 스스로 겸손했습니다. 안성기 선배님은 '나도 나중에 저렇게 해야겠다.'는 생각을 참 많이도 하게 해 주신 분입니다. 특히, 겸손에 관한 한 나는 아직까지 안성기 선배님을 능가하는 분을 뵌 적이 없습니다. 그렇습니다. 겸손하다고 해서 그의 지식, 부, 위치가 뒤집어지거나 바뀌는 것이 아닙니다. 오히려 겸손하면 안성기 선배님처럼 더욱 도드라지며, 주위를 행복하게 할 수 있습니다.

익은 곡식이 괜히 고개를 숙이지 않습니다.

삶의 지혜를 준 분들

열정을 가르쳐 준
수미 엄마

아인슈타인은 일곱 살 때 겨우 글을 깨우치기 시작한 늦둥이였고, 베토벤은 음악 교사로부터 음악에 전혀 소질 없는 아이로 평가 받았습니다. 발명왕 토머스 에디슨의 담임선생님은, 그를 두고 교사생활 12년 동안 이처럼 멍청한 아이는 처음이라고 평했습니다. 월트 디즈니는 한때 신문기자로 재직했는데 편집국장으로부터 "자네는 아이디어도, 글재주도 없으니 스스로 사표를 쓰고 나가!"라는 말을 들었습니다. 윈스턴 처칠은 6학년을 두 번 다닌 학습지진아였습니다. 그러나 이 사람들은 최악의 환경을 극복하고 자신의 분야에서 혁혁한 업적을 남겼습니다. 그들에게는 한 가지 공통점이 있습니다. 그것은 바로 '열정'과 '끈기'였습니다. 이처럼 열정을 가진 사람은 어떤 난관에도 굴복하지 않습니다.

나에게 열정을 가르쳐 준 분은 다름 아닌 김수미

선배님이었습니다. 나는 배우 김수미 선배님을 '수미엄마'라고
부릅니다. 2005에 개봉된 영화 <가문의 위기>를 촬영하면서부터
시작된 호칭입니다. 수미엄마와는 그 영화에서 처음 호흡을
맞췄는데 극중에서 나의 엄마 역할을 하셨습니다. 그래서
촬영장에서 늘 '엄마, 엄마' 하고 부르기 시작한 것이 지금까지
이어지고 있네요. 그때가 지금으로부터 15년 전의 일인데
수미엄마는 지금도 영화와 방송을 오가며 그 열정을 만천하에
과시하고 있습니다.

그렇습니다. 나에게 수미엄마는 곧 '열정'입니다. 수미엄마가
일을 할 때 보여주는 열정은 참으로 대단합니다. 무슨 일이든
수동적으로 임하는 법이 없습니다. 항상 능정적인 자세로
모든 일에 열정을 불어넣습니다. 좋은 예가 있습니다. <가문의
위기> 시나리오를 받고 함께 모여 리딩을 하던 중이었습니다.
나를 비롯한 다른 배우들은 그저 리딩에만 몰두하고 있었는데
수미엄마가 갑자기 감독님께 이런 부탁을 하는 겁니다.

"내가 지금부터 다이어트를 할 테니까, 문신한 가족이 함께
등장하는 장면을 넣읍시다. 우리 가문이 백호파 조직인데
적어도 우리 가족 등에 호랑이 문신 정도는 있어야 하지
않겠어요? 난 백호파 보스이니, 나도 문신하고 옷 벗을게요.

우리 제대로 찍어 봅시다."

대본에 없는 참신한 장면을 제안한 겁니다. 감독님이 기꺼이 그
제안을 받아들였습니다. 결국 수미엄마는 촬영이 들어가기 전에
완벽하게 다이어트를 한 다음 가짜문신을 새겼습니다. 비록
가짜이긴 하지만 문신을 하는 데 무려 3시간이나 걸렸습니다.
목욕탕에서 문신을 드러낸 장면을 찍었는데 다시 문신 작업을
하기가 힘들어서 당일치기로 그 장면을 다 찍었습니다. 문신을
하는 것에서부터 촬영까지 매우 힘들고 어려웠지만 수미엄마는
그 모든 것을 열정으로 완벽하게 해냈습니다. 그뿐만이 아닙니다.
자신이 조직의 보스인 만큼 액션신도 추가해야 한다면서, 무려
석 달 동안 치고받는 연습을 하기도 했습니다. 영화가 성공한
것에는 여러 가지 요인이 있겠지만 나는 수미엄마의 그 불같은
열정이 관객들의 마음을 이끌어낸 결과라고 생각합니다. 나 또한
수미엄마와 촬영하면서 열정을 배웠습니다. 지금도 매너리즘에
빠지거나 일에 열정이 부족하다고 스스로 느낄 때는, 바로 수미
엄마를 떠올리면서 마음을 가다듬곤 합니다. 요즘 활동하는
모습을 보고 있노라면 세월이 흘러도 수미엄마의 열정은 오히려
더 활활 불타오르고 있는 것 같습니다. 그 열정은 도무지 식을
것 같지 않습니다. 일에 대한 애정 때문일 것입니다. 새로운 것을

올림

삶의 지혜를 준 분들

두려워하지 않고 도전하는 수미엄마가 옆에 계시다는 것만으로도
나에게는 너무 감사한 일입니다. 오래토록 그분을 통해 스스로를
채찍질할 수 있으니까요.

올림

매사에 감사하는 마음

민준이가 태어난 후, 나보다 먼저 아빠가 된 한 후배가 이런 말을
했습니다.

> "형님, 이제부터 아이가 오늘 한 행동은 다시 돌아올 수 없다는
> 사실을 아셔야 해요. 아이는 어제 다르고, 오늘 다를 정도로
> 쑥쑥 자라니까요."

그 말을 들으면서 아이 뿐만 아니라, 나의 시간도 마찬가지라는
생각이 문득 들었습니다. 일기일회, 내가 사는 오늘은 다시
돌아오는 시간이 아니거든요. 이런 마음으로 매일매일 만나는
사람들에게 감사함을 가지니까, 그 에너지가 내가 만나는
사람들에게 전달이 되는 것 같더라고요. 감사하는 마음은,

사람과 사람 사이에 좋은 에너지가 전달되고 확장되도록 합니다. 인간관계를 더욱 아름답게 만들어 확장시키는 시너지 효과를 내는 것이 바로 감사하는 마음이지요.

프로그램 촬영차 스위스에 갔을 때에도, 감사가 만들어내는 큰 에너지를 느꼈습니다. 그곳에서 '마사이족 신발'이라는 건강 기능성 신발(Kybun)을 최초로 개발하여 세계적으로 큰 성공을 거둔 칼 뮐러 부부와 인터뷰를 한 적이 있습니다. 부인이 한국인이었기 때문에 개발 과정에 대한 이야기를 자세히 들을 수 있었습니다.

먼저 국제결혼을 하게 된 경위를 물었더니, 그 남편은 이렇게 이야기를 했습니다.

"운명이라 생각했기 때문입니다. 한때 업무 차 자주 한국을 오가곤 했었어요. 지금의 부인을 우연히 세 번씩이나 만나게 되었습니다. 이것은 분명히 운명이라 느꼈습니다. 그 후 몇 번의 만남 끝에 '저 여자를 놓치면 안 되겠다.'라는 큰 느낌을 받고 청혼하게 되었습니다. 다행히도 제 청혼을 받아주었습니다."

결국 두 사람은 결혼에 이르게 되었는데 문제는 당시에 그가 막
사업을 시작할 때인지라 가진 것이 너무 없었다는 것이었습니다.
걱정이 많았지만 사랑 앞에서는 큰 문제가 되지 않았습니다.
그런데 이 결혼이 마사이 족 신발을 개발하게 된 계기가 되었으니,
사연은 다음과 같습니다. 두 사람이 한국의 시골에 계신 부인의
부모님에게 결혼 승낙을 받으러 가던 중이었습니다. 시골에
도착하여 비포장 논길을 걸어야 했는데 마침 장마철이어서
논두렁이 흠뻑 젖어 그대로 걷다가는 신발이 엉망이 될 것
같았습니다. 어쩔 수 없이 구두와 양말을 벗고 논길을 걷는데
발이 진흙 속으로 들어갔다 나왔다 하기를 반복하는 것이 너무나
편했습니다.

'이야! 신발 쿠션이 이 논두렁 같으면 정말 좋겠다!'

결국 이런 이치를 이용하여 연구를 거듭한 결과, 걷기에 편할
뿐 아니라 자세까지 교정할 수 있는 기능성 신발을 개발하게
된 것입니다. 개발은 되었지만 전혀 새로운 상품이니 만큼,
그에 어울리는 이름이 있어야 하지 않겠습니까. 그는 곰곰이
생각하다가 아프리카 동부 케냐와 탄자니아에 거주하는
유목민족인 마사이속을 떠올리게 되었습니다. 그들이 특별히

건강한 이유가 걷는 방법 때문이라는 자료를 발견하고 새 상품의
이름을 '마사이 워킹슈즈(Masai Walking Shoes)'라고 지어 세상에
내놓았습니다. 물론 마사이족이 이런 신발을 신는 것은 아닙니다.
잘 걷는 것으로도 건강에 도움이 된다는 뜻으로 지은 이름입니다.
다행히도, 그가 개발한 신발은 전 세계에서 큰 호평을 받으면서
불티나게 팔려나갔습니다.

그들의 성공이 그렇게 간단했을까요? 천만에요. 개발에서부터
성공에 이르기까지, 두 사람의 고난은 이루 말로 표현할 수 없을
정도였습니다. 물가가 비싼 스위스에서 한 달에 우리나라 돈으로
2만원을 가지고 네 식구가 생활할 정도로 가난했습니다. 하루가
아니라 무려 한 달을요. 그 와중에 아이를 외국에서 입양까지 하다
보니, 그 어려움은 우리가 쉽게 상상할 수 없을 정도였습니다.

그런 생활을 하면서도 부부는 절망하지 않았습니다. 오히려
2만원으로 살아갈 수 있게 해준 것에 대해 감사했습니다. 그러면서
언젠가는 꼭 성공하리라는 희망의 끈을 놓지 않았습니다.

한 달에 2만원으로 그 많은 식구를 부양하며 살아가면서 늘
감사했다고요? 보통 사람이라면 원망부터 하지 않나요? 그 말을
듣는 나는 놀라지 않을 수 없었습니다. 이들 부부는 세상을
원망하거나 절망하지 않았습니다. 감사로 하루하루를 지냈습니다.
그 감사의 결과는 실로 어마어마했습니다. 인터뷰 당시까지 무려

6천억 원에 달하는 매출을 올린 것입니다.

사실 나는 인터뷰 전에 그분들이 좀 까다롭지 않을까? 하는
편견을 가지고 있었습니다. 하지만 녹화가 시작되자 내 걱정이
기우임을 금방 알 수 있었습니다. 나오자마자 출연진들을
향해 "안녕하세요."라고 하며 허리를 숙여 반갑게 인사를 하는
것이었습니다. 녹화 내내 어떤 질문을 하든지 일체의 거부감 없이,
밝은 미소와 함께 상세하게 답변해 주셨고요. 인터뷰를 하는 내내
우리는 마음이 편했습니다.
촬영 후, 식사를 하기 전에도 그들의 따뜻한 마음을 확인할 수
있었습니다. 제작진들의 손을 일일이 잡아주면서 "안녕하세요.
반갑습니다. 안녕하세요. 어휴, 여기까지 오셔서 감사합니다."를
연발했습니다. 인사를 나눈 후에는 손수 음식을 나눠주셨고요.
부부의 몸과 마음에는 겸손과 감사, 친절이 가득 배어 있었습니다.
인터뷰는 물론이고 사적 대화에서도 부부가 가장 많이 쓰는 말은
'감사'였습니다. 마치 입에 붙은 것처럼 말입니다.

성경에 '범사에 감사하라(데살로니가전서 5:18).'는 말씀이 있습니다.
교회에서도 목사님들이, 크고 작음에 상관없이 일상에서
이루어지는 모든 일에 감사하라고 하십니다. 감사하는 마음은

삶의 지혜를 준 분들

곧 겸손으로 이어집니다. 매사에 감사하는 마음을 가진 사람이 겸손하다는 사실을 이들 부부로부터 확인할 수 있었습니다. 그들을 보면서, 어떤 힘든 상황에 처하더라도 감사한 마음을 가지기로 굳게 다짐하게 되었습니다.

나는 방송에 들어가기 전에 나는 항상 이런 기도를 합니다.

"하나님! 저에게 이런 일을 맡겨 주셔서 감사합니다. 이 일을 통해서 제가 하나님의 향기를 풍기는 사람이 되게 해 주십시오. 그리고 이 자리에 함께 해 주십시오. 제가 실수하지 않게 해 주시고 모든 스텝과 함께 해 주십시오."

기도를 마치고 나면 피디님이 "자, 준비됐습니까? 레디!" 하는 순간부터 이미 잘 할 수 있다는 자신감과 믿음이 생기더라고요. 피디들이 나와 일하면서 또 내 분량 편집을 할 때 나에게 몰입하게 된다는 말을 자주합니다. 빈 말이라도 좋은 말이지만 쑥스러운 마음은 어쩔 수 없습니다.

"에이, 피디님!, 비위 맞추지 마요."

내가 면박을 주면 이렇게 대답합니다.

삶의 지혜를 준 분들

"비위 맞출 일이 뭐 있어요. 형이 이 프로그램을 얼마나
사랑하는지 마음으로 느껴지니까 하는 말이죠."

그런 말을 들으면 정말 감사하지요. 아마도 일을 할 때마다
감사하는 마음이 쌓이고 쌓여서 내 얼굴과 태도에 그렇게
나타나는 것은 아닐까요? 나의 마음과 나의 진정성을 알아주니
정말 감사할 따름입니다. 나의 모토는 '시작부터 감사!'입니다.
'시작이 반'이라는 말이 있지만 감사함으로 준비가 되어 있는
사람은 시작하기도 전에 이미 반은 성공했다고 믿습니다.

이런 일도 있었습니다. 매니저들이 섭외 내용을 살펴보다가 불만을
표시하는 것이었습니다.

"형한테 어떻게 이런 걸 하자고 그러죠?"

프로그램 캐릭터 상 다소 내 이미지가 손상될 수도 있다고
생각했던 가 봅니다.

"뭔데 그래?"하고 기획서를 살펴보니 매니저들이 걱정할 만도
했지만 크게 내 이미지가 손상될 만한 것도 아니었습니다. 오히려

나를 그런 프로그램에 섭외했다는 자체가 신선하게 다가 왔습니다. 그리고 나를 섭외해준 제작진이 고마웠습니다. 그래서 이런 말로 매니저를 설득했습니다.

"이런 발상이 얼마나 독창적이고 재미있니? 게다가 나를 섭외해 준 것이 얼마나 고맙니?"

매사에 감사하는 마음, 돌이켜보면 이런 마음이 지금까지 이 일을 계속할 수 있게 해 준 원동력인 것 같습니다. 항상 감사하다는 마음으로 지내다 보니, 그 마음이 제작진은 물론이고 시청자들에게도 전달되고 있고요.

나는 일단 일이 주어지면 그 일이 무엇이든 우선 너무나 감사하게 생각합니다. 내 핸디캡 중 하나가 비행기 타는 것을 좋아하지 않는다는 것입니다. 약간의 고소공포증이 있는데다가 비행기를 타면 자주 답답함을 느끼는 편이거든요. 그런 나에게 리얼 승무원 도전기라는 콘셉트인 <비행기를 타고 가요>라는 프로그램 출연 제의가 들어온 적이 있습니다. 일이나 관광을 위해 비행기를 탈 때는, 좀 힘들기는 하지만 최대 10시간만 견디면 되잖아요? 하지만 이 프로그램의 경우, 계속 비행기를 타고 디니며 비행기 안에서 계속 리얼한 상황들을 촬영해야 한다는

올림

문제가 있었습니다. 그래서 처음 섭외가 들어왔을 때 내 사정을
잘 아는 우리 스태프들이 "형, 이번 프로그램은 거절하는 게 좋지
않겠어요?"라고 하면서 걱정을 했습니다. 보통 일이 들어오면 먼저
매니저들이 내용을 검토하거든요. 나에게 그들이 나의 처지를
잘 이해하고 걱정해주는 것이 고마웠지만 그 제안을 감사하게
받아들이자고 했습니다. 나는 오히려 함께 일을 하자고 제안해
준 제작진들이 너무 고마울 따름이었습니다. 그런 마음을 가지고
<비행기를 타고 가요> 프로그램 김형구 감독님을 만났습니다.

"저는 형님하고 일하고 싶습니다."

김형구 감독님은 만나자마자 이렇게 말했습니다. 이런 말도
했습니다.

"비행기 타는 것이 힘들지 않게 느껴지셨으면 좋겠어요. 나중에
형수님이 계시던 보스턴도 함께 가보시고요. 정 힘들면 타고
가다가 주무셔도 됩니다."

이 말을 듣는 순간, '아, 이 분이 나를 정말 좋아하는구나. 날
필요로 하는구나.'라는 생각에 너무나 감사했습니다.

삶의 지혜를 준 분들

나에게 김형구 감독님은 은인 같은 분입니다. 프로그램을 통해서, 더 이상 비행기 타는 것을 두려워하지 않고 사랑하게 되었기 때문입니다. 내 핸디캡을 극복하고 성공적으로 프로그램을 마칠 수 있게 해 주었습니다. 이제는 '비행기' 하면 김형구 감독님과 외주 제작사 진문화 대표님이 떠오를 정도입니다. 두 분 모두 내 나이 50줄에 만난 사람들이지만 앞으로도 새롭고 좋은 일들을 함께 할 것 같다는 행복한 생각을 합니다. 너무 고마운 사람들입니다. 김형구 감독님과 진문화 대표님은, 최근 나에게 힘든 일이 생겼을 때 밥이라도 같이 먹자면서 슬며시 다가와 위로해준 참으로 속이 깊은 사람들입니다.

울림

삶의 지혜를 준 분들

거리에서 만난 멘토들

어느 날이었습니다. 내 차 타이어에 문제가 생겼습니다. 어쩔 수 없이 택시를 이용할 수밖에 없었습니다. 그날 역시 얼굴을 모자와 마스크로 꽁꽁 싸맨 채 차에 올랐습니다. 목적지를 밝히고 뒷좌석에 눕듯이 기대어 피로를 풀고 있던 중이었습니다. 기사님이 조심스러운 목소리로 이렇게 말을 걸어오는 것이었습니다.

"저, 손님. 뭣 좀 부탁해도 될까요?"
"예, 말씀하시지요."
"손님, 죄송하지만 차를 잠깐 세워도 되겠습니까? 딱 1분만 시간을 주시면 고맙겠습니다."

정중한 부탁에 괜찮다고 말씀 드렸더니, 기사님이 고맙다고 하면서 차를 세우고는 어디론가 나가는 겁니다. 화장실에라도 가시나 하고 창밖을 내다보다가, 뜻밖의 상황에 그만 깜짝 놀라고 말았습니다. 한 할아버지가 무언가를 가득 실은 지게를 지고 허덕허덕 언덕을 올라가고 있었는데 기사님이 지게 뒤를 받쳐주면서 도와주고 있었던 것입니다. 그 모습이 너무 감동적이어서 집으로 가는 내내 가슴이 따뜻해져 있었습니다. 피로는 온 데 간 데 없이 사라지고 말았고요. 다른 사람의 어려움을 지나치지 않고 도와주시는 그 기사님의 따뜻한 마음을 깊이 새기면서, 나 또한 그리하리라고 마음먹은 소중한 날이었습니다.

지방촬영을 마치고 돌아오는 길이었습니다. 톨게이트를 지나던 중, 내 차 하이패스가 고장이 났습니다. 당황해 하면서 지갑을 찾고 있는데 뒤에서 빵빵거리고 난리가 났습니다. 사람이 당황하면 더 혼란에 빠지는 법이잖아요. 윗도리 안주머니에 있는 지갑을 두고 엉뚱하게 바지 주머니를 뒤적이고 있었던 것입니다. 그때였습니다. 톨게이트 직원이 정신없는 나에게 농담을 건넸습니다.

"신현준 씨, 제가 내 드릴까요? 당황하지 마시고 천천히 하세요. 빨리 해도 빵빵거리긴 마찬가지에요. 천천히, 천천히요."

삶의 지혜를 준 분들

그 덕분에 뒤에 있는 분들에게는 미안했지만 결국 여유 있게
지갑을 찾아 비용을 내고 다시 출발할 수 있었습니다. 그 분의
따뜻한 농담 한마디 덕분에, 당황스러웠던 순간이 좋은 기억으로
오래 남게 된 것입니다. 그 분은 나에게 세상을 살아가는 지혜를
준 멘토였습니다. 나 또한 일상에서 만나는 사람들에게 이런
멘토가 되고 싶습니다. 거창한 것이 아니어도 좋습니다. 그 분처럼
일상 중에 소소하지만 따뜻한 말로 다른 사람들에게 감동을 주는
그런 멘토가 되고 싶습니다.

1994년, 장선우 감독님이 연출하신 영화 <화엄경>이
<베를린영화제>에서 은곰상(알프레드 바우어 상)을 수상을 하게
되었습니다. 고은 시인의 동명 소설이 원작이었는데 어린 나이에
운 좋게 주변 인물로 캐스팅되어 출연하게 된 작품이었습니다.
작은 역할로서 쟁쟁한 감독님과 배우들과 협연한 것만으로도
영광이었는데 베니스영화제, 칸영화제와 더불어 세계 3대영화제
중 하나인 베를린영화제라니요! 정말 고맙게도 신인배우로서
그 영화제에 참석하여 레드카펫을 밟는 크나큰 감동을 누릴 수
있었습니다.

베를린에 도착하여 숙소에 짐을 풀고 난 후였습니다. 영화제

개막 행사까지는 시간이 많이 남아 있었습니다. 남는 시간을
어떻게 보낼까 하고 고민을 하다가, 베를린 거리를 산책하기로
했습니다. 고색창연한 건물이 줄지어 늘어 있는 거리를 걷고 있을
때였습니다. 문득 독일에서 발행되는 영화잡지를 보고 싶다는
생각이 들었습니다. 하지만 첫 방문지인 베를린에서 서점을
찾기란 쉽지 않았습니다. 이리저리 두리번거리다가 결국에는
지나가던 현지인에게 도움을 청하기로 했습니다. 손에 들고
있던 책을 보여주면서 서점에 가고 싶은데 길 좀 가르쳐 달라고
부탁했더니, 매우 당황해 하는 것이었습니다. 내 영어구사 실력도
그러했지만 그 사람 역시 영어에 익숙하지 않았던 것입니다. "북
스토어!"라는 내 말과 함께 내민 책으로 내가 서점을 찾고 있다는
것은 아는 것 같았습니다. 하지만 길을 설명해줄 수 없었던
모양입니다. 아무래도 서점 찾기는 틀렸다고 생각하고 포기하려는
순간이었습니다. 그 사람이 자기 손목시계를 슬쩍 보더니,
나에게 따라오라는 시늉을 하는 겁니다. 그러고는 나를 제법 먼
거리에 있는 서점까지 데려다주고는 활짝 웃으면서 돌아서는
것이었습니다. 작은 친절이었지만 당시 나는 너무 큰 감동을
받았습니다. 그 후, 나 역시 외국인들이 길을 물을 때 가능하다면
베를린에서 만났던 그 청년처럼 직접 데려다 주곤 합니다. 낯선
베를린의 그 독일 청년이 제게 작은 실천을 할 수 있는 멘토가 되어

나를 변화시킨 것입니다. 나는 나를 변화시켜 주는 사람은 모두 멘토라고 생각합니다. 그런 작은 배움과 경험들이 지금의 나를 지속적으로 변화시키는 요인인 것 같습니다.

어느 날, 매니저와 이동 중에 신호등이 없는 횡단보도를 지날 때였습니다. 아이들이 횡단보도 옆에 서서 건너갈 기회를 기다리고 있었습니다. 매니저에게 차를 세우라고 한 다음, 아이들에게 손짓으로 건너가라는 손짓을 했더니, 여자아이 둘이 손을 들고 가면서 차를 향해 환하게 웃으며 "고맙습니다!" 하고 인사를 하는 겁니다. 그 모습을 본 매니저가 싱긋 웃으면서 이런 말을 했습니다.

"형님, 차 세워줘서 고맙다고 인사 받은 게 10년은 넘은 것 같아요. 요즘은 배려해 줘도 고맙다는 말을 잘 안 하는 것 같아요."

환하게 웃으며 인사하는 두 아이를 보고 너무 기분이 좋았습니다. 그렇습니다. 고맙다는 인사를 받기 위해 배려하는 것은 아니지만 고맙다는 손짓 하나만으로도 더 큰 배려심을 갖게 합니다. 비록 겨우 열 살 남짓했지만 닮고 싶을 만큼 내 생각을 환기시켜준 그 아이들. 나의 소중한 멘토가 되고도 충분했습니다.

'기독교인이라고 해서 신실한 척하지 않고, 배우라고 해서 멋있는 척하지 않으며, 교수라고 해서 많이 알고 있는 척하지 않고, 선배라고 해서 점잖은 척하지 않으며, 유명인이라고 해서 대우받으려 하지 않고, 내가 먼저 낮아져서 섬기는 삶을 영위함으로써 다가가기 편한 온유한 자가 되고 싶습니다.'

연기를 공부하는 후배들을 위해 쓴 책 말미에 이런 글을 남긴 까닭이 있습니다. 남녀노소를 불문하고 나에게 감동과 경책을 준 멘토들은, 다들 대접 받으려고 하지 않고 겸손한 사람들이었기 때문입니다. 그들은 먼저 다가가는 사람들, 먼저 웃어 주는 사람들이었습니다. 일상에서 우리가 배울 수 있는 것들은 참 많습니다. 무심히 지나치면 알아챌 수 없는 소소한 배움들 또한 많습니다. 배우려는 자세로 살아가다보면 많은 스승들을 만날 수 있습니다. 그래서 저는 오늘도 내가 어디에 있든지, '주위를 잘 둘러보고 많은 것을 배우자'라는 생각을 하면서 사람들을 만나고 일상을 살아갑니다.

삶의 지혜를 준 분들

기봉이 아저씨처럼

영화 촬영을 하다보면 다치는 일이 허다합니다. 영화 한 편을 찍을
때마다 몸에 흉터가 늘어나는 것은 당연하고요. 나는 그 상처를
싫어하지 않습니다. 영광의 상처라고 생각하거든요. 한번은 화약이
가슴에서 잘못 터졌던 적도 있었고, 와이어에서도 떨어진 경우도
있었습니다. 촬영하면서 죽을 고비도 여러 번 넘겨봤습니다.
그때 입은 흉터들을 보고 있노라면 흉측하다기보다는 오히려
자랑스럽습니다. 내가 얼마나 영화를 사랑하고 열정을 쏟았는지,
그 증거가 되기 때문입니다. 하루하루 바쁜 스케줄을 소화할 때는
몰랐지만 지나고 보면 하나님은 내가 보낸 그날들을 모두 모아
나를 영화배우로 만드셨다는 것을 느낄 수 있습니다. 그러하듯
내가 영화 한 편 한 편을 찍을 때는 알 수 없지만 하나님은 그
작품들을 모아 나를 멋지게 사용하시고 계신 것입니다.

언젠가 <패션 오브 크라이스트>라는 영화를 보면서 내내
마음속으로 울었던 적이 있습니다. 하나님이 비천한 사람으로,
때로는 죄인으로, 얼굴도 이름도 없는 초라한 사람으로 고통
받으시는 모습을 보면서, 눈물을 흘리지 않을 수 없었습니다.
영화의 감동이 끝나자, 나도 이 영화를 만든 감독이자 배우인 멜
깁슨과 같은 사람이 되고 싶었습니다. 하나님이 주신 은사로 많은
사람들에게 하나님의 메시지를 전하는 멜 깁슨이 너무나 위대해
보였기 때문입니다. 나도 모르게 기도가 나왔습니다.

'하나님, 제 영화를 통해서 많은 사람들에게 하나님의 사랑을
전하게 해 주십시오.'

그 길이 쉽게 열리지는 않았습니다. 그때 나는 알았습니다.
신앙생활에서 가장 어려운 것은 '기다림'이라는 것을. 내가 원하는
때가 아니라 하나님의 때를 기다리는 것이 진정한 기다림이라는
것을.

"주님, 주님의 뜻을 주님의 때에 이루소서. 주님은 지금도 저를
향한 계획을 이루어 가고 계십니다. 제 계획이 이루어지지 않은
것도 주님의 뜻 아래 있음을 믿습니다."

삶의 지혜를 준 분들

그렇게 오매불망 하나님께 기도를 드리고 있던 중이었습니다.
드디어 나의 기다림을 하나님이 인정하신 날이 왔습니다. 우연히
본 <인간극장>이라는 TV프로그램에서 기봉이 아저씨를 만나게
된 것입니다. 몸은 불편하지만 모든 것에 감사하며, 작은 것에도
특별한 행복을 느끼며 살아가는 기봉이 아저씨. 연로하신 어머니와
함께 먹는 된장찌개 하나에도 감사하는 기봉이 아저씨. 하나님의
계시였을까요, 그 프로그램을 보면서 나는 무언가 강력한
메시지를 받았습니다. 우리는 지금 너무나 많은 것을 가졌음에도
늘 남과 비교하며, 욕심을 부리고, 감사할 줄 모르며 살아가고
있지 않는가요? 나 역시 그동안 매사에 감사하는 마음을 놓고
살아왔습니다. 각박한 세상과 싸우다 보니, 어느새 나도 모르게
치열해져 있었습니다. 꿈은 항상 이루어져 있었는데 늘 또 다른
꿈을 향해 달려가고 있었습니다. 아무리 꿈이 실현되어도, 또
다른 꿈을 향해 앞만 보고 달려왔습니다. 뒤돌아보면 하나님은
늘 내 모든 기도를 다 들어주셨으며, 내게 주실 수 있는 것은 다
주셨는데도 나는 감사하는 마음을 잊고 있었습니다, 그날 기봉이
아저씨를 보고 얼마나 회개했는지 모릅니다. 나에게 매사에
감사하는 마음을 일깨워준 기봉이 아저씨를 통해 내 기도에 대한
하나님의 답을 들은 것입니다.

삶의 지혜를 준 분들

'내가 느낀 감동을 그대로 전하는 방법은 내가 가장 잘하는
영화를 통해서만 가능하다.'

이런 생각이 들자 서두르기 시작했습니다. 훗날 이 영화를 감독한
친구와 함께 시나리오를 쓰고 투자자를 모았습니다. 그러나
생각만큼 쉽게 일이 매끄럽게 진행되지 않았습니다. 그동안
워낙 남성적인 이미지가 강한 캐릭터만 연기했던 내가 과연
장애인 역할을 잘 해낼 수 있을지에 대해 걱정하는 사람들도
많았습니다. 게다가 작품이 몇 차례나 엎어지곤 했습니다. 환란의
연속이었습니다.

"하나님의 사랑을 알리려고 일하는데 왜 저에게 이렇게 많은
힘든 일들이 생기는 걸까요?"

하나님께 이렇게 여쭤보기도 했지만 사실 나는 답을 알고
있었습니다. 하나님의 일을 할 때는 반드시 평탄하지만은 않다는
것을. 직원들과 함께 간절하게 기도하기 시작했습니다. 기도
중 내가 얻은 하나님이 주신 마음은, 장애인들과 가까워지는
시간을 갖자는 것이었습니다. 장애인들을 만나 함께 부대끼면서
내가 정말 장애인에 대해 무지했다는 것을 알았습니다. 만약 그

시간이 없었다면 나는 끝내 장애인들의 현실과 고통을 모른 채 거짓연기를 이어나갔을지도 모릅니다. 감히 1억만 분의 1이라도 그 심정을 느낄 수 있도록 인도하신 하나님께 너무나 감사했습니다. 아울러 깨달았습니다. 그럭저럭 해서는 하나님의 일을 할 수 없다는 것을. 하나님이 원하시는 수준에 가까워졌을 때에야, 하나님의 일을 할 수 있도록 허락하신다는 것을.

하나님의 답을 얻은 후, 나는 기봉이 아저씨처럼 살아보려고 노력했습니다. 단지 불편한 몸을 잘 흉내내는 것이 아니라, 진정한 행복이 무엇인지 알고, 작은 것에도 감사할 줄 알며, 무엇과도 바꿀 수 없는 것이 바로 어머니의 사랑이라는 것을요. 거짓말처럼 들릴 수도 있겠지만 촬영 중에 있었던 이 이야기는 하지 않을 수 없습니다. 영화 촬영을 할 때 가장 중요한 것 중 하나가 날씨입니다. 그날 찍어야 하는 영화 속 상황과 날씨가 맞지 않으면 앉은 자리에서 하루에 수천만 원이 날아가기 때문입니다. 촬영은 못해도, 스태프들의 체제 비용은 그대로 나가야 하니까 말입니다. 그런데 이 영화를 찍는 내내 하나님은 상황에 딱 맞는 날씨를 허락하셨습니다. '오늘은 좀 흐렸으면 좋겠다.' 하면 날이 흐렸습니다! 기봉이가 뛰면 하늘에는 늘 새가 날았습니다! 신기하게도 촬영이 기가 막힐 성도로 매끄럽게 잘 진행되었습니다.

삶의 지혜를 준 분들

울림

촬영 중간 중간에 궁금해 하는 투자자들에게, 찍은 필름을 보여 주면 모두 만족할 정도였습니다.

2년의 시간이 지나 영화가 드디어 완성되었습니다. 영화에는 기도하고, 말씀을 보고, 교회에 가는 기봉이 아저씨의 일상생활까지 고스란히 담겨 있었습니다. 하지만 투자자들은 종교 냄새가 나는 것은 죄다 들어내라고 했습니다. 흥행에 차질이 생긴다는 것이 그 이유였습니다. 이에 대항하여 나는 계속해서 설득하기 시작했습니다. 그 결과, 많은 부분이 편집되기는 했지만 마음속에 두었던 하나님의 메시지는 고스란히 지켜냈습니다. 영화가 개봉되는 날이었습니다. 초조하게 반응을 기다리던 중이었습니다. 한 꼬마가 영화관을 나오면서 젖은 눈을 비비면서 했던 말을 나는 지금도 잊지 못합니다.

"나 이제부터 엄마한테 효도할 거예요!"

장애인들과 가족들도 내게 고마워했습니다.

"장애인과 일반 친구들의 거리를 좁혀 줘서 너무 고마워요."

삶의 지혜를 준 분들

그 말을 듣는 순간 나도 모르게 눈물이 났습니다. 우여곡절을 겪었지만 열심히 기도한 결과가 그대로 드러났습니다. 애초의 기획대로 만든 영화를 보면서 웃고 울며, 영화를 보는 내내 많은 것을 느꼈다는 관객들의 따뜻한 말에 그저 눈시울을 붉힐 뿐이었습니다. 그때가 남자 나이 마흔이면 얼굴에 책임을 질 수 있어야 한다는 말을 수없이 되새길 때였는데 그날 나는 기봉이 아저씨처럼 행복한 주름을 갖게 되었습니다. 이 영화의 성공에는 영화를 함께 만들었던 동료들의 노력 그리고 장애인들의 협조가 있었습니다만 가장 크게 작용한 것이 기도에 대한 하나님의 답이었습니다.

<맨발의 기봉이> 오프닝 타이틀로 안데르센의 명언을 넣었습니다.

　'모든 인간의 일생은 하나님의 손으로 쓰인 동화와 같다.'

엔딩 타이틀에는 '영화를 찍는 내내 많은 은혜와 기적을 베풀어 주신 하나님께 감사드리며…'라는 문구를 넣게 된 까닭이 여기에 있습니다.

사람을 판단하는 최고의 척도는
안락하고 편안한 시기에 보여주는 모습이 아닌,
도전하며 논란에 휩싸인 때 보여주는 모습이다.
_마틴 루터 킹

The ultimate measure of a person is not where they
stand in moments of comfort and convenience,
but where they stand in times of challenge and controversy.
_Martin Luther King Jr

꿈을 꾸면 하나님은 고난을 먼저 주신다.

꿈꾸는 자를 고독하게 하신다.

하나님을 따라가는 것에는 분명 고난이 있다.

그러나 그 고난은 결코 헛되지 않다.

좋은 영화에는 메시지가 있다

<패션 오브 크라이스트>의 열정

<분노의 역류>의 팀워크

<영웅본색>의 형제애와 용서

<시네마 천국>의 아름다운 사랑

<인생은 아름다워>의 긍정적인 마음

<신상>의 진실을 보는 눈

<서편제>의 예술 혼

좋은 영화에는 좋은 메시지가 있습니다. 나는 좋은 영화 한 편이 사람의 마음까지 움직이게 할 수 있다는 확실한 믿음을 가지고 있습니다. <맨발의 기봉이>, <마지막 선물>처럼 하나님의 메시지가 담긴 영화를 세 편 중에 한 편 정도는 꼭 만들고 싶습니다. 영화를 통해 하나님의 말씀을 전하는 배우가 될 수 있도록 기도합니다.

'지식보다는 지성을, 지성보다는 영성을!' '끝까지 새로운 것에
도전하는 배우가 되고 싶다.'

어떤 인터뷰에서 한 말들인데 솔직히 이것이 나의 꿈입니다.
그러나 무엇보다 기봉이 아저씨처럼 환경에 구애받지 않고 매사에
감사하는 사람이 되는 것이 첫 번째 꿈입니다. 감사하는 사람이
되지 않고는 결코 내가 영화로 이루고자 하는 꿈을 실현할 수
없다는 것을 잘 알고 있기 때문입니다.

삶의 지혜를 준 분들

따뜻한 말 한마디

누구에게나 힘든 시절이 있게 마련입니다. 사회에 첫발자국을 디뎠을 때뿐만이 아닙니다. 인생에는 항상 고비라는 게 있습니다. 잘 나가던 사람들이 한순간에 그 고비를 이기지 못하고 어려움을 겪는 것을 많이 봐 왔습니다. 가끔 나에게 이런 말을 하는 분들이 있습니다.

"선생님한테는 힘든 일이 없었을 것 같아요!"

힘든 일이 없었던 사람이 어디 있겠습니까. 나라고 해서 왜 어려운 일이 없었겠습니까. 겉으로 많이 드러났느냐 아니냐의 차이만 있을 뿐이지요.
의류업계에 종사하고 있는 아는 동생을 우연히 길거리에서

울림

만났습니다. 반갑게 인사를 나누는데 왠지 그 동생이 많이 힘들어보였습니다. 그러나 약속 때문에 길게 이야기를 나누지 못하고 헤어졌는데 계속 마음이 걸려서 전화를 했습니다.

"요즘 많이 힘들지? 다들 그런 것 같아. 하지만 힘내. 너라면 힘든 일을 이겨낼 수 있을 거라고 믿어."

그 말 한 마디에 그 동생이 전화상으로 엉엉 울었습니다. 그러면서 제 가슴속에 꽁꽁 숨겨두었던 이야기를 하는 겁니다. 너무 힘들지만 차마 가족이나 친구들에게도 밝히지 못하고 혼자 버텨내고 있었다면서요.

"그래도 형한테 이런 내 마음을 털어놓고 나니까 마음이 풀리고 용기가 생겨."

내 작은 위로의 한마디가 그 친구에게는 큰 힘이 되었던 겁니다.

신인인 연기자 후배가 내가 출연하는 영화에 단역으로 나온 적이 있었습니다. 아주 작은 여함로 잠깐 등장하는 역할이었는데 그것은 내 머리를 유리병으로 내리치는 것이었습니다. 촬영할 때

사용하는 유리병은 안전을 위해서 설탕으로 특수 제작되는 만큼
가격이 매우 비싼 편입니다. 그 촬영에서는 여유분을 포함하여
설탕으로 만든 유리병은 딱 4개만 준비되어 있었습니다.

리허설을 마치고 촬영에 들어갔는데 일이 생겼습니다. 바로
NG가 난 겁니다. 후배인 그가 선배인 내 머리를 때리는 일이 너무
어려웠나 봅니다. 감독님에게 혼나기 전에 먼저 후배를 불러
타일렀습니다.

> "편안한 마음으로 세게 때려. 이건 연기야. 대충 때리니까 NG
> 나는 거야."

설탕으로 만들어졌다고 해서 병 전체가 다 설탕으로 된 것이
아닙니다. 일부분은 유리로 되어 있기 때문에 잘못 맞으면 정말
아프거든요. 그런데 장면 상 세게 때려야 하는데도 후배는 그냥
'통'하고 때린 것입니다. 무지하게 아팠지만 유리병이 깨지지
않아서 NG가 난 것이었습니다. 두 번째도 마찬가지였습니다.
세게 내리치기는 했는데 화면상에 나오지 않는 곳에 때리고
말았습니다. 세 번째도 후배는 또 실수를 했습니다. 촬영장
분위기가 순식간에 얼어붙었습니다. 이제 남은 병이라고는
하나밖에 없기 때문이었습니다. 병에 세 번씩이나 맞아 머리가

너무 아팠지만 티를 낼 처지가 아니었습니다. 감독과 스태프들은
인상을 북북 쓰고 있었으며, 후배는 미안해서 어쩔 줄 몰라 하고
있었기 때문입니다. 분위기를 살릴 겸, "자책하지 마, 괜찮아,
괜찮아." 하면서 후배를 독려한 다음 마지막 촬영에 들어갔는데
결국 또 잘못 맞아 내 머리가 찢어져서 피가 흐르기 시작했습니다.
힘들고 아팠지만 촬영을 이어나가자고 했으나 결국 촬영이
중단되고 말았습니다. 당연히 촬영장은 난리가 났고, 후배는
고개를 숙인 채, 계속 "죄송합니다."라는 말을 연발했습니다.
급하게 병원에 가서 머리의 상처를 몇 바늘 꿰매고 나오는데
후배가 집에도 가지 못한 채 밖에서 기다리고 있었습니다.

"선배님 죄송합니다."
"아니야, 미안해하지마. 나도 신인 때 실수 많이 했어. 괜찮아.
대신에 다음 촬영 때 나 좀 잘 때려줘."

그렇게 농담을 건네며 마무리했습니다. 누구나 실수할 수
있으니까요. 실수한 사람이 사과를 하면 속상하더라도 얼른
사과를 받아주어야 합니다. 그리고 상대가 미안해하기 전에 먼저
괜찮다는 말을 건넬 수 있다면 사람들 사이에 생기는 불편함과
속상한 일들이 사라질 겁니다.

삶의 지혜를 준 분들

세상살이가 나날이 어려워진다고들 합니다. 어른들은 어른들대로 젊은이들은 젊은이들대로…. 특히 젊은이들이 취업 문제로 방황하고 좌절하는 모습을 볼 때마다 기성세대의 한 사람으로서 마음이 아픕니다. 그런 젊은이들에게 '인생이란 공평한 것이니 용기를 내라.'며 허황한 위로해 봐야 소용없습니다. 실제로 태어날 때부터 재력, 재능, 외모를 타고남으로써 경쟁에서 유리한 조건을 갖추고 출발하는 예는 주위에서 너무나 쉽게 볼 수 있으니까요. 그런데 말입니다. 더 좋은 조건에서 출발하여 더 좋은 위치에 있는 사람들이 더 행복할까요? 천만에요. 아무리 높은 지위에 있거나 아무리 많은 것을 누리고 산다 할지라도 인간은 '공평하게' 힘들게 살아가고 있을 뿐입니다. 그들도 가족 간의 갈등으로 괴로워하고 가진 것을 빼앗기진 않을까 평생 고민을 하며, 가진 만큼 자연스럽게 자신을 노출시킬 자유마저 없습니다. 많은 것을 가진 사람들이 공통적으로 가지는 불안감과 우울증 등이 이를 증명합니다. 고로, 정도의 차이는 있을 수 있겠지만 과거에도 그랬듯이 현재에도 인생이란 그다지 불공정하지 않습니다. 기원전 3세기부터 2세기에 이르기까지 그리스로마 철학을 대표한 스토아학파의 '인생은 공평하다'라는 주장은 아직도 유효한데 그들은 이렇게 말했습니다.

'인생은 세상이라는 무대로 펼쳐지는 한 편의 연극과 같다.'

생각해보니 맞는 말입니다. 영화에서는 한때 왕 역할을 맡은 사람이 조연이 될 수도 있고 단역을 했던 사람이 주연이 되기도 하지 않습니까? 게다가 왕 역할을 했다고 해서 우러름을 받거나 작은 역할을 한다고 해서 업신여김을 당하지 않습니다. 누가 그 역할에 어울리는 연기를 했느냐에 따라 관객의 박수를 받고 그러지 못한 배우에게는 야유가 쏟아질 뿐입니다. 인생이 한 편의 연극이라면 누구에게나 갈등과 사건이 있게 마련입니다. 지위가 높고 재력을 가졌다고 해서 주위에 갈등이 없을 순 없습니다. 연극에서는 처지가 좋은 역을 맡은 사람도 있고 배배 꼬인 삶을 영위하는 역할도 있습니다만 처지가 좋든 나쁘든 그 역할에서 좌절과 갈등을 겪지 않을 수는 없습니다. 인생이니까요. 다만 역할에 충실하면 누구나 행복해질 수 있고 누구나 존경을 받을 수 있습니다. 서양인들이 즐겨 사용하는 경구 중에 카르페 디엠(Carpe diem)이란 말이 있습니다. 호라티우스의 라틴어 시에서 유래한 말로서 '지금 이 순간을 잡아라(즐겨라).'라는 뜻입니다. 순간순간 최선을 다해 살라는 일기일회(一期一會)와도 통하는 말입니다. 타고난 조건은 누구도 어찌하지 못합니다. 그것이 불공평하고 불공정하다고 툴툴거려 봐야 나아질 것이 없으며 누구 하나 그 사정을 알아주는

삶의 지혜를 준 분들

이 없습니다. 제 속만 갉아내어 쓰릴 뿐이지요. 하지만 지금 이
순간 주어진 일에 주어진 역할에 충실하다 보면 세상은 그리
불공평하지 않다는 사실을 알게 되고 또 행복한 마음도 가질 수
있게 됩니다.

더하여, 메멘토 모리(Memento mori)라는 라틴어 경구도 함께
새겨두어도 좋습니다. '자신의 죽음을 기억하라.'는 말로서, 너도
언젠가는 죽을 목숨이니 우쭐대지 말고 겸손하라는 의미에서
생겨난 말이랍니다. 메멘토 모리(Memento mori)는 카르페 디엠(Carpe
diem)과 마치 동의어처럼 잘 통합니다. 지금 힘들다고 툴툴거리지
말고 매순간을 충실하게 보내라는 말과 지금 잘 나간다고 해서
우쭐 대서는 안 된다는 말은 서로의 역할에 따라 같을 수 있는
말이니까요. 그런 즉, 지금 어렵다고 해서 좌절할 이유가 없습니다.
잘 나간다고 우쭐해 할 것도 없습니다. 인생은 한바탕 커다란
연극무대로서 죽음 앞에서는 공평하게 막을 내리게 마련이니까요.
그러나 당장 어렵고 힘든 처지에 있는 사람들에게 카르페 디엠이나
메멘토 모리 같은 말은 잘 먹히지 않을 수도 있습니다. 차라리
마음에서 우러나온 따뜻한 말 한마디가 훨씬 위로가 될 수도
있습니다. 의류업계에 종사하면서 어려움을 겪고 있는 동생 그리고
잦은 실수로 주눅이든 내 후배에게 준 내 말이 크게 위로가 되었던
것처럼 말입니다.

젊은 꼰대

신인 리포터들이 인터뷰를 할 때 그 대상이 원로이거나 유명한 연예인이면 더 많이 긴장을 하게 됩니다. 어쩌면 신인으로서는 당연한 일인지도 모릅니다. 눈을 마주치기도 거북한 상황에서 질문을 하고 적절한 순간에 맞장구도 쳐야 하는 것이 리포터의 역할인데. 평소에 존경해 왔거나 자기가 존경해 왔던 분들을 만나면 신인들의 경우 대부분 목소리가 떨리는 등 실수를 하여 자주 NG를 내곤 합니다.

이럴 경우, 담당 피디가 보여주는 태도는 딱 두 종류입니다. 첫 번째가 혼내지 않고 리포터의 마음을 여러 방법으로 안정시킨 다음 다시 촬영에 들어가는 타입입니다.

"괜찮아, 떨지 말고. 신인 때는 다 그렇게 실수하는 거야.

삶의 지혜를 준 분들

그럴 때는 선배님 죄송합니다! 이 한 마디면 끝이야. 자~자
주눅 들지 말고 다시! 오케이? 선배님들이 잘 도와주실 테니
안심하라구. 선배님들~ 잘해주실 거죠?"

이렇게 되면 분위기가 포근해지면서 인터뷰가 일사천리로
진행됩니다.
두 번째는 다짜고짜 소리를 지르면서 윽박지르는 타입입니다.

"정신을 어디다 두는 거야? 똑바로 안 해?"

이렇게 되면 갑자기 촬영장 분위기가 싸해지면서 사람들이
불편해지기 시작합니다. 인터뷰가 제대로 진행될 리 없습니다.
한 사람의 실수에 어떻게 대처하느냐에 따라 결과에서 정말 큰
차이가 나는 겁니다. 물론 일을 잘하기 위해서 그런 언행을 했을
것입니다. 그러나 아무리 큰 실수를 했더라도 공개적인 장소에서
그런 식으로 나무라는 것은 이유가 어쨌든 해서는 안 될 일입니다.
이런 분을 보면 '난 절대 저러지 말아야지!' 하고 정신이 번쩍 들곤
합니다. 반면교사요, 타산지석이 되는 것입니다.
살다 보면 이렇게 다짜고짜 화부터 내는 사람들이 있습니다.

"야 너 몇 살이야?"

"나보다 어린 자식이 감히?"

나도 이런 사람들은 다시는 만나기 싫어집니다. 그리고 이렇게 다짐하게 됩니다. 나는 저러지 말자고요. 이런 분들의 큰 특징 중 하나는, 다른 사람이 제 생각과 똑 같아야 한다고 느낀다는 점입니다. 그 사람을 두고 젊은 스태프들이 저들끼리 이렇게 표현합니다. '젊은 꼰대'라고요. 남녀노소를 불문하고 '꼰대'라 불리는 사람들의 공통점 중 가장 큰 하나는, 모든 것을 자기 잣대로만 판단하고 획일화 한다는 점입니다. 그들이 자주 하는 말이 있습니다. "누구누구는 잘 하는 데 너는 왜 그러니?, 남들은 그렇게 생각 안 해."라는 말입니다. 세상에 사람이 어떻게 똑같이 행동하고 똑같이 사고할 수 있습니까?

마을 공터에 누군가가 고추모종을 심는 모습을 본 것이 엊그제 같은데 벌써 고추가 빨갛게 익어가고 있습니다. 그냥 지나치려다가 아기 고추가 달린 것이 신통하여 눈길을 멈춥니다. 자세히 살펴보니 멀리서 볼 때와는 달리 포기마다 각각 모양이 달라 같은 것이 없습니다. 같은 날, 같은 씨를 뿌려 싹을 틔우고 같은 날에 옮겨 심은 것일 텐데 어쩌면 가지를 뻗은 모습이랑 열매가 달린 위치, 키까지 다를까요? 하긴 세상에는 똑같은 것이라고는 없잖아요. 식물이든 동물이든 같은 조건에서 태어났어도, 모두가 다른 모습을 하고 있습니다. 무생물이라고 해서 다를까요? 강가에 나가서 수많은 자갈들 중에 같은 모양을 가진 것이 있는지 살펴보세요. 백 날 천 날 찾아도 발견할 수 없을 겁니다. 아주 닮은 부자 또는 모녀를 빗대어 붕어빵이라고 하지요? 그런데 잘 살펴보면 같은 기계에서 찍어낸 붕어빵도 그 모습이 똑 같지는 않습니다.

고대 그리스어로 '시간'은 '크로노스(Kronos)' 그리고 '카이로스(Kairos)' 두 종류로 표현됩니다. 크로노스란 인간이 보편적으로 공유하는 시간입니다. 태어나서 성장하고, 식사하고, 공부하고, 잠을 자는 시간 등 누구나 공히 소비하는 시간이 곧 크로노스입니다. 카이로스는 이와 다른 개념의 시간입니다. 한 개인이 자신의 고유한 신념이나 취미에 투자하는 기회의 시간이요, '때'입니다. 카이로스란 크로노스를 사용하는 개별적이고 창조적인 방법인 것입니다. 누구나 사용하는 시간이고 기회이지만 사용 방법은 다를 수밖에 없습니다. 배가 고프면 밥을 먹어야 하지만 먹는 재료나 방식에는 차이가 있습니다. 같은 학교, 같은 반에서, 같은 과목을 공부하더라도 방식과 습득과정에는 차이가 있습니다.

그럼에도 불구하고 사람들은 카이로스마저 표준적인 잣대에
의해 사용되기를 원하는 것 같습니다. 평균과 다르게 카이로스를
사용하는 사람을 별종으로 보니까요. 평균치의 삶을 정해 놓고는
때가 되면 졸업을 해야 하고, 직장에 다녀야 하며, 결혼을 해야
하고, 자식을 낳아 키우기는 것을 정상으로 봅니다. 그 평균치에서
벗어나면 비난이나 동정, 따돌림의 대상이 됩니다. 평균치에
벗어난 사람 또한 이러한 분위기에 주눅 들어 자신이 남과 다름에
대한 불안감을 가지게 됩니다.

> "걔는 그 나이에 왜 결혼을 안했다니?, 무슨 문제 있는 것
> 아냐?, 의대 졸업했다는 사람이 병원 근무 팽개치고 요리를
> 배우고 있다니 말이 돼?, 지금쯤이면 작은 아파트 하나라도
> 가지고 있어야 하는 것 아닌가?, 아직 2G폰을 쓰고 있다며?"

특별한 관계도 아닌데 피붙이 가족보다 더 관심을 가지고 동정을
보내며 심지어는 경멸까지 합니다. 카이로스를 좀 특별하게
사용했을 뿐인데 다들 다름을 참지 못하는 것입니다. 결혼이
남들보다 늦은 이유가 있을 것입니다. 의대를 졸업했지만 늦게나마
그것이 자기의 길이 아니라는 것을 알았기에 다른 선택을 했을

수 있습니다. 집장만 대신에 자신이 진정 원하는 가치에 투자했을
수도 있습니다. 2G폰이 어때서요? 번거로움이 귀찮아 통화기능만
원하는 사람도 있습니다. 가족도 아닌 사람들에게 그 사정을
일일이 고하란 말인가요? 자기들과 다르다고 해서 별종으로
취급하는 세상은 자못 불편해집니다.

카이로스를 다르게 사용한 사람도 덩달아 은근히 불안해집니다.
주위에서 하도 별종 취급을 하니 무리해서라도 그들과 같아지려
애를 씁니다. 개성을 감추고 튀는 화장법이나 복장을 삼가기
시작합니다. 길거리에서 만나는 청춘들의 모습이 다 비슷비슷한
이유입니다. 산행하는 사람들의 복장도 메이커만 다를 뿐 다들
통일되어 있는 것 같습니다. 청바지에 운동화 차림으로 그들
사이에 끼었다가는 눈총 받기 딱 좋을 정도입니다.

알고 보면 다르게 살면서 행복을 누리는 사람들이 이 세상에는
많습니다. 타인의 시선보다 자신의 내면에 집중하기에 잘 보이지
않을 뿐입니다.

어느 작가는 자신의 알찬 삶을 위해 평균치에서 과감하게 탈피한
이들을 '일상의 혁명가'라 했습니다. 이들은 목소리가 크지 않고
다른 이들에게 자신의 삶을 강요하지도 않는다고 했습니다. 자기
내부의 목소리에 귀 기울이고 그럼으로써 내가 나의 진정한
주인이 되는 삶을 꿈꿀 뿐이라고 했습니다. 그렇습니다. 그게

자연스러운 삶입니다.

신학교에 다녔으나 적응하지 못하여, 우리 눈으로 보았을 때
평균치 삶에서 벗어난 별종이 있었습니다. 세계적 대문호인 헤르만
헤세입니다. 그런 그가 노벨문학상을 받았습니다. 뛰어난 지성과
폭넓은 지식으로 존경을 받았으며, 한때 프랑스 드골정부에서
공보장관까지 지냈던 또 한 사람의 대문호가 있었습니다. 그는
바로 앙드레 말로(Andre Malraux)입니다. 그런데 앙드레 말로의
입장에서 보자면 헤세는 한 수 아래, 급이 달랐습니다. 헤세의
수상 소식을 듣고 말로의 심사가 온전치 못했습니다. 어느 매체에
"저런 무학자에, 무식한 자에게 노벨상을 주다니…."라고 했다지요.
그 글을 접한 헤세가 이렇게 말했습니다.

"그가 '히말라야의 바람'을 이해할 수 있을까?"

치열한 삶을 살아온 사람의 내공을 어찌 알겠느냐는
뜻이었습니다. 앙드레 말로가 크게 졌습니다.

나는 각양각색(各樣各色)이라는 말을 참 좋아합니다.
각색각인(各色各人), 각인각양(各人各樣)도 같은 말입니다.

형형색색·종종색색·백인백색도 같은 뜻입니다. 사람마다 얼굴빛과 모습이 모두 다르다는 뜻입니다. 더 좋아하는 성어는 각인각설(各人各說)입니다. 사람마다 주장하는 바가 서로 다르다는 뜻입니다. 다르다는 것은 차별의 빌미가 아니라 각자의 특별한 축복입니다. 사람마다 얼굴 모습이 다른 이유는 그가 가진 유전자가 다르기 때문입니다. 유전자가 다르면 얼굴만이 아니라 추구하는 삶의 형태도 다르고, 생각도 다르게 됩니다. 유전자는 환경에 적응할 수 있도록 피부색과 얼굴 크기와 모양도 다르게 해 주거든요. 생각이, 얼굴색이, 삶의 방법이 평균치와 다르다고 하여 부러워하거나 폄하할 일이 아닌 것입니다. 자신의 다름을 특별한 기회로 삶고 남의 다름을 인정하고 존중하는 것이 조화롭고 아름다운 삶의 길입니다.

하나님이 창조하신 이 세상의 모든 것들은 종류만 다를 뿐 각양각색, 각인각설로서 서로 인연을 맺고 있습니다. 똑 같은 것이라곤 애당초 없습니다. 같은 종(種)이라 하여 모습도 습성도 같다면 세상은 전체이지 각각이 아닌 겁니다. 모든 나무, 풀, 바위, 강아지가 모양이 똑 같고 습성마저 같다면 얼마나 부자연스러운 세상이 될까요? 서로 다르니까 세상이 조화롭고 아름다운 것입니다.

우리는 알아야 합니다. 세상에 똑 같이 사고하고 똑같이 행동하는 사람이 없다는 것을, 서로 다른 생각을 하고 다른 행동을 하는 사람들이 서로 모여 화합하면서 살아가는 것이 이 세상의 근본 이치라는 것을, '꼰대 병'은 나이 많은 사람만 걸리는 것이 아니라는 것을······.

삶의 지혜를 준 분들

나를 세 번 죽이는 화

신라 때의 전설입니다. 선덕여왕 시절 지귀(志鬼)란 역졸이 있었답니다.
귀신[귀鬼] 되는 뜻을 품은[지志] 사내라는 이름에 걸맞게, 그가 한
짓이란 참으로 해괴하기 그지없습니다. 이야기는 이렇게 시작됩니다.
어느 날이었습니다. 지귀란 놈이 먼발치에서 선덕여왕의 모습을
보고서는 그만 홀딱 반하고 맙니다. 역졸 신분으로서 감히 여염집
딸도 아닌 여왕을 마음에 둔 것입니다. 그러나 여왕에게 사랑을
고백할 수는 없는 법. '한번만이라도 여왕의 모습을 가까이에서 볼
수 있다면 얼마나 좋을까?' 이렇게 속을 태우다가 급기야는 상사병이
들어 끼니를 거르더니 날로 몸이 수척해집니다. 이 망측한 일은
여왕의 귀에도 들어갑니다. 어처구니가 없었지만 한편으로는 지귀를
가엾게 여긴 여왕은 그에게 전갈을 보냅니다.
"내가 모일 모시에 기도하러 갈 일이 있느니라. 기도를 마친 후

돌아가는 길에 너를 만나줄 테니, 기도하는 곳에서 기다리도록 하라."

전갈을 받은 지귀는 그저 꿈만 같았습니다. 여왕을 만나기로 한
전날 밤, 지귀는 마음이 들떠서 한숨도 이룰 수 없었습니다. 결국 뜬
눈으로 밤을 꼬박 새운 그는, 이른 아침부터 기도하는 곳에서 여왕을
기다렸습니다. 그러나 여왕이 도착할 즈음, 지귀는 그만 깜빡 잠이
들고 맙니다. 이 모습을 본 여왕, 남의 눈도 있는 터라 그를 깨우지는
못하고 팔찌를 벗어 그의 가슴에 놓고 궁궐로 되돌아갑니다. 잠시 후
문득 잠에서 깬 지귀는 여왕이 왔다간 사실을 알고, 스스로 화가나
그만 몸에서 불길이 치솟기 시작합니다. 자기의 몸을 태운 그 불길은
탑으로 번지더니 서라벌 온 땅을 화마로 휩싸이게 하고 맙니다.

스스로 자멸하였고, 남들한테까지 해를 입힌 것은 지귀의 화가
빚어낸 결과였습니다. 이처럼 화가 잘못 화(化)하면 불[화火]을
일으키고, 화(禍)를 초래하는 흉물스럽고, 악독하며, 추한 감정으로
나타납니다. 화가 심하면 사람들은 스스로를 자제하지 못하여
말과 행동을 함부로 하게 됩니다. 무슨 짓이든 닥치는 대로 하고
봅니다. '너 죽고 나 죽자'는 식의 화는, 먼저 자폭하고 결국에는
남까지 멸망시키는 무시무시한 화악창고인 것입니다. 잘 살펴보면
세상의 갈등이란 대체로 화에서 비롯되는 것임을 잘 알 수

있습니다. 가족 간의 갈등, 종교 간의 갈등, 국내외 사회 간의 갈등
또한 눈여겨보면 화에서 비롯됨을 볼 수 있습니다.

화라는 것은 분함, 억울함, 원통함, 창피함 등에서 생겨나지만
본질적으로는 에고(ego)에서 시작됩니다. 에고마니아일수록
많이 그리고 자주 화를 냅니다. 그들은 철저하게 자기 본위의
삶을 삽니다. 그들의 눈에는 남의 사정이나 세상 물정도 보이지
않습니다. 자연히 남을 제 뜻대로 움직이려 합니다만 어디 그게
쉬운 일입니까. 남이 내 뜻대로 될 까닭이 없지요. 남이 내 맘대로
되면 그는 이미 남이 아닌 게지요. 내 마음을 내 맘대로 할 수
없는 일이 많은데 하물며 남을 내 뜻대로 움직이려 한다는 것은
억지입니다.

프랑스의 철학자 에마뉘엘 레비나스(Emmanuel Levinas)는
'남은 또 다른 나이며, 나는 또 다른 남'이라고 했습니다. 남을
내 맘대로 하겠다는 뜻이 아니라 남을 나만큼 존중하겠다는
뜻입니다. 에드문트 후설(Edmund Husserl)이란 철학자는 '간(間)
주관(主觀)'이란 말을 자주 입에 올렸습니다. 내가 주체(主體)이고
주관(主觀)이라면 남 또한 그렇다는 뜻입니다. 나의 주관적 개성이
중요하면 남의 주관적 개성도 중요하게 여겨야 마땅합니다.
물에겐 에고가 없습니다. 물은 만물을 이롭게 하지만 자기가

그러고 있다고 생각하지 않습니다. 그저 자신을 드러내 놓고 베풀 뿐입니다. 끊임없이 베풀지만 자기가 그러한 줄 모르며 결과에는 초연합니다. 노여워하거나 다투지도 않습니다. 물처럼 에고가 없으면 쉽게 화를 내지 않게 됩니다. 너 죽고 나 죽는 지경이 아니라, 나 살고 너도 사는 사회를 꿈꾼다면 에고부터 버려야 옳을 일입니다.

아내는 '부모가 아이들의 거울'이라는 말을 자주 합니다. 그래서 아이가 태어난 후에 가급적 조용하게 말하고, 좋은 단어를 쓰려고 하며, 좋은 음악을 함께 들으려고 노력합니다. 한번은 아이들을 태우고 운전을 하던 중에 황당한 일이 일어났습니다. 빨간 신호등이 들어오자 차를 세우고 기다리고 있는데 갑자기 옆에 선 차에서 누군가가 창문을 내리더니 욕을 하면서 소리를 지르는 것이었습니다. 무슨 일인가 하여 나도 창문을 내렸더니, 그 사람이 대뜸 험한 말을 내뱉었습니다.

"연예인이면 다야?, 너 때문에 사고 날 뻔 했잖아!"

정말 어이가 없었습니다. 차선을 잘못 알고 운전하다가 급하게 끼어들려고 하다가 안 되니까 나에게 분풀이를 한 것입니다. 이런

상황에서 어찌 화가 나지 않을 수 있겠습니까? 그런데 아내가 뒤를
가리키며 참으라고 했습니다. 뒷좌석에 아이들이 타고 있었거든요.
아내는 계속 참으라고 하고 그 사람은 계속 욕을 하고 있는 상황이
이어졌습니다. 그냥 참고 있을 수 없어서 창문을 내리고 조용하게
말했습니다.

"아이들이 타고 있으니 욕 그만하세요. 아저씨가 실수해 놓고
왜 저한테 화를 내세요?"

하지만 신호가 바뀌기 무섭게 그 사람은 사과도 하지 않은 채
그냥 떠나버렸습니다. 너무 화가 났습니다. 그런데 아내가 나를
보면서 참느라 힘들었을 텐데도 잘 참아주어서 고맙다고 위로하자
곧 화가 풀리고 말았습니다. 가끔 이렇게 화나고 어이없는 일이
생길 때가 있더라도 참으면 더 큰 것을 얻을 수 있습니다. 최소한
내 아이들에게 내가 화를 내는 모습 그리고 남들한테 욕을 먹는
모습을 보여주지 않아도 되니까요. 훗날 아이들이 자라서 똑 같은
상황에 닥친다면 아마 내가 했던 것처럼 무작정 화를 내면서
싸우지 않고 조용하게 대처하게 될 것입니다. 어른들은 아이들의
거울이니까요.

아무리 생각해도 화란 참으로 묘한 존재입니다. 내면 낼수록 잦아지기는커녕 점점 더 커지는 것이 화입니다. 별 것도 아닌 일에 화를 내다보면 급기야 큰일을 저지르게 되기도 합니다. 그렇다면 화는 참고 마음에 꼭꼭 담아두어야 할까요? 그렇지 않습니다. 화를 풀지 않고 담아두기만 하면 엉뚱한 곳에서 마치 시한폭탄처럼 터져 나와 남을 해치게 됩니다. 신앙인이라면 화를 풀기에 기도가 최고입니다. 그렇지 않을 경우에는 운동이나 여행 같은 자기가 좋아하는 취미로 풀어내야 합니다. 다행히 나의 경우에는 아내의 위로가 화를 푸는 데 즉효약입니다. 더러 밖에서 일을 하다 쌓인 화를 집에 돌아와서 가족들에게 푸는 경우도 있는데 그것은 최악의 방법입니다. 가족에게 돌아갈 때는 늘 마음이 청정해야 합니다. 어떻게 하든 집으로 돌아가기 전에 쌓인 화를 꼭 풀고 들어가야 합니다. 그럴 때 좋았던 생각을 많이 해보세요. 내 주변에 좋은 사람들을 생각해 보세요. 호흡을 크게 해 보세요. 우리에게 가족은 근본이며 최후의 보루입니다.

삶의 지혜를 준 분들

가족밥상

이른바 '쿡방', '먹방'이 요즘 대세인 것 같습니다. TV를 켜면 이 방송 저 방송 가리지 않고 출연자들이 시청자들의 침샘을 자극할 정도로 음식을 맛있게 먹는 모습이 자주 보입니다. 사람을 위해 음식이 존재하는 것이 아니라, 음식을 위해 사람이 존재하는 것 같은 착각을 일으킬 정도로 그 열풍이 거셉니다. 예전에도 음식 프로그램이 없었던 것은 아닙니다. 그러나 지금처럼 오로지 음식 하나에만 초점을 맞추는 것이 아니라, '사람'이 주가 되고 '음식'이 따라가는 사람 사는 이야기의 한 분야였을 뿐입니다.

한 경제 전문가의 분석에 따르면 우리나라의 쿡방·먹방 열풍에서 과거 일본 불황기의 모습이 연상된다고 했습니다. 거품경기 이후인 1991년부터 2000년까지 일본의 극심한 장기침체 10년 동안 일본인들이 감내해야 했던 '잃어버린 10년'. 1990년 주식 가격과

부동산 가격 급락으로 수많은 기업과 은행이 도산했고 그로 인해 일본은 10년 넘게 0%의 성장률을 기록했던 적이 있었습니다. 많은 국민들이 직장을 잃었고 취업을 하지 못하는 젊은이들이 늘어났습니다. 『맛의 달인』을 위시한 음식 관련 만화가 붐을 이루었고 TV에서 요리 대결 프로그램이 인기를 끌면서 스타 쉐프가 탄생했던 것도 그때였습니다. 아무 생각 없이 먹고 마시는 음식 관련 스토리는 젊은이들의 대안 없는 현실에서의 도피처 구실을 했던 것입니다.

지금 쿡방과 먹방이 대세인 우리나라의 현실 역시 장기적인 경제 불황과 무관하지 않으며, 이 또한 언젠가는 지나갈 현상이라 여기면서 크게 염려는 하지 않습니다. 다만 아쉬운 것은 어떤 프로그램에서도 가족이 함께 식사하는 모습이 보이지 않는다는 점입니다.

『질문이 있는 식탁-유대인 교육의 비밀』이라는 책이 있습니다. 유대인들의 뛰어난 능력이 어떤 교육에서 비롯되었는가를 밝히는 내용입니다. 이미 제목에 그 답이 나와 있지만 무려 4천년을 이어온 그들의 특별한 교육법이라는 것이 고작 '식탁 대화'랍니다. 특별한 일이 없는 한, 유대인들은 일주일에 꼭 한 번 이상은 온 가족이 모여 식사를 한다고 합니다. 그리고 식탁에서 이야기를 나누는데 대화 내용이 특별한 것은 아닙니다. 그저 식탁에 나온 요리에 대해서, 세상사에 대해서, 서로 자기가 느낀 대로 자유롭게 한 마디씩 할 뿐입니다. 우리처럼 밥상에서 자녀의 단점을 나무라거나 일방적 교훈을 주려 하지 않습니다. 그저 함께 맛있게 음식을 먹으면서 자연스럽게 이야기를 나눌 뿐입니다. 자녀들의 엉뚱한 질문도 기꺼이 수용하며 즐겁게 토론합니다. 이 식탁 대화가 바로 유대인 자녀들이 스스로 삶의 목적과 가치관을 세우는 매우 중요한 과정이라는 것이 이 책의 골자입니다.

가족이든, 동료이든 함께 식사를 하면 서로 친밀감을 느끼게 됩니다. 서먹했던 관계도 함께 음식을 나누는 과정에서 쉽게 풀어진다고 합니다. 음식을 씹는 동작이 사람의 기분을 좋게 하는 뇌 분비 화학물질 세로토닌의 양을 높여 주기 때문입니다. 신경전달물질로 작용하는 세로토닌은 사람들로 하여금 행복감을 느끼게 해주는 중요한 요소입니다. 식탁에서는 세로토닌 분비가 활발하게 분비되어 마음이 편안해진다는 것이 의학계의 정설입니다. 세로토닌 분비가 많아지면 당연히 서로 상대에게 훈훈하게 대할 수 있게 되고, 상대를 기쁘게 해주고자 하는 마음이 강해지며, 상하 관계 즉 엄중한 위계도 자연스레 허물어지게 마련입니다. 그래서 책의 저자는, 특히 아버지가 자녀들과 자주 식탁에 둘러앉아 함께 식사를 해야 하는 것이 바람직하다고 강조합니다. '중2병'을 앓는 까칠한 자녀들과 유대를 끈끈하게 할 수 있는 최적의 장소 역시 식탁이라고 힘주어 말합니다.

화목한 가정은 건강한 사회의 근본이 됩니다. 화목한 가정을 이루는 가장 좋은 방법은 가족이 자주 함께 식사하는 것입니다. 그러나 그 자리가 불편해서는 안 됩니다. 가족 간의 식탁 대화는 부모의 가치관과 철학이 자녀에게 전이되는 과정이기도 합니다. 감사할 줄 아는 마음이나 남을 배려하는 태도 등의 바른 인성은 결코 말이나 야단으로 가르칠 수 있는 것이 아닙니다. 부모의 삶에 대한 태도 그 자체가 일상 속에서 자녀들에게 고스란히 전수되기 때문입니다. 그래서 식탁 대화에서도 가장 중요한 것은 부모의 태도입니다. 화목한 가정을 원하신다면 하루에 단 한 끼라도 함께 모여 식사를 하면서 이런저런 이야기를 나눠 보세요. 깊이 있는 이야기가 아니어도 좋습니다. 함께 음식을 먹으면서 이야기를 나누는 그 자체가 화목한 가정을 만듭니다. 오늘도 나에게 주어지는 아내와 두 아들이 함께 하는 밥상이 감사할 따름입니다.

참된 우정

플라톤은 '진정한 우정이란 모든 것을 나눈다.' 라는 명언을
남겼습니다. 친구란, 아무런 대가 없이 즐거운 일이나 슬픔을
함께 할 수 있는 사이입니다. 그런데 상대방의 기쁨과 슬픔을
이야기하지 않아도 바로 알아채는 사람이 진정한 친구입니다.

옛날 옛적 중국 진(晉)나라에 거문고의 달인이 있었습니다. 백아라는
사람이었지요. 어느 날 백아는 고향인 초(楚)나라에 갔다가 스승이
돌아가신 것을 알고 슬픔에 잠깁니다. 휘영청 달이 밝은 날이었습니다.
백아는 달을 바라보면서, 슬픈 마음을 달래려고 거문고를 뜯었습니다.
그때 거문고 소리를 몰래 엿듣는 사람이 있었습니다. 나무꾼
종자기라는 사람이었습니다. 그런데요, 참으로 신기한 것은 백아가
달빛을 생각하며 거문고를 뜯으면 종자기는 달빛을 바라보았고,

울림

백아가 강물을 생각하며 거문고를 뜯으면 종자기도 강물을 바라보는 것이었습니다. 거문고 소리만 듣고도 백아의 속마음을 읽어냈던 것입니다. 두 사람은 의기투합하여 금세 친해져서 서로 즐겁게 지냈습니다. 하지만 백아는 벼슬을 하고 있던 진나라로 돌아가야만 했습니다. 백아는 나중에 다시 만날 기약을 하고, 종자기와 헤어져서 진나라로 돌아갔습니다. 이듬해였습니다. 백아가 다시 고향 초나라를 찾았을 때였습니다. 종자기는 이미 죽고 없었습니다. 백아는 친구의 묘 앞에서 마지막으로 한 곡을 연주하고는 거문고 줄을 끊어버렸습니다. 그리고 다시는 거문고를 타지 않았습니다. 세상에 자기 거문고 소리를 제대로 들어줄 사람이 없다고 생각했기 때문입니다.

이처럼 우정은 나이와 상관없습니다. 종자기가 백아보다 나이가 어렸지만 서로 마음을 터놓고 우정을 나누었습니다. 마음이 통하여 존재 자체만으로도 기쁜 사람과의 교우가 참된 우정입니다. 나에게도 그런 우정을 나누는 사람이 있습니다. 배우 박중훈 선배님입니다. 나는 선배님을 '형'이라고 부릅니다. 내가 힘든 일이 있을 때 형은 슬며시 다가와 내가 기댈 수 있도록 해줍니다. 내가 나약해질 때면 바로 잡아줍니다. 나를 비롯한 후배들과 잘 소통하며 늘 좋은 말을 아끼지 않습니다. 후배들이 각자의 자리에서 충실할 수 있도록 잘 챙겨줍니다. 그래서 무슨 일을

올림

하든지 늘 생각나고 보고 싶은 사람입니다. 내 연기에 대해
디테일하게 평가하고 판단해 줍니다. 그러면서도 늘 편하게 볼
수 있는 사람, 박중훈 형은 그런 사람입니다. 키다리 아저씨처럼
언제나 내 옆에 있을 것 같은 사람, 옆에만 있어도 마음 푸근한
그런 사람과 참된 우정을 나누고 있는 나는 행복한 사람입니다.
중훈 형님에게 이런 내 마음을 용혜원 시인의 시 한편으로
대신합니다.

함께 있으면 좋은 사람

당신을 처음 만나던 날
느낌이 참 좋았습니다.
착한 느낌, 해맑은 웃음
한마디, 한마디 말에도
따뜻한 배려가 있어
잠시 동안 함께 있었는데
오래 사귄 친구처럼
마음이 편안했습니다.
내가 하는 말들을
웃는 얼굴로 잘 들어주고

어떤 격식이나 체면 차림 없이

있는 그대로 보여주는

솔직하고 담백함이

참으로 좋았습니다.

그대가 내 마음을 읽어주는 것만 같아

둥지를 잃은 새가

새 둥지를 찾은 것만 같았습니다.

짧은 만남이었지만

기쁘고 즐거웠습니다.

오랜만에 마음을 함께

맞추고 싶은 사람을 만났습니다.

마치 사랑하는 사람에게

장미꽃 한 다발을 받은 것보다

더 행복했습니다.

그대는 함께 있으면 있을수록

더 좋은 사람입니다.

울림

모두가 어려운 가운데 있습니다.

생각해보면 그런 어려움 속에서 더 큰 울림을 얻고, 더 강해지고,

더 성숙해지며, 소중한 것이 무엇인지 깨닫게 되는 것 같습니다.

돌아보면 우리가 보냈던 시간 중에 헛된 시간은 없습니다.

당시에는 죽을 것 같이 힘든 시간도 시간이 지나고 나면 버틸 수

있을 만큼의 시간이었고, 그런 시간 속에서도 작은 행복에 더 큰

감사를 누리는 특별한 경험도 하게 됩니다.

그리고 우리는 그런 시간을 통해 많은 것을 배우게 됩니다.

최근에 겪은 힘든 시간을 통해 나에게는 피아가 식별 되는

매우 중요한 시점이 되었고, 거짓은 진실을 이길 수 없음을 굳게

확인하는 시간이 되었습니다. 나를 믿어주시고, 걱정해주시고,

울림

사랑해주시고, 기도해주시는 분들이 많음에 감동하고 감사하는 시간이 되었습니다. 가족의 든든함을 다시 한 번 느꼈던 고마운 시간이었습니다. 지금 이 글을 읽고 계시는 여러분들과 만날 수 있는 시간을 주심에도 감사하게 되었습니다. 내가 사랑하고 감사해야할 소중한 사람들이 더 많아졌습니다. 이렇게 하나님이 주시는 시간 중에는 결코 헛된 시간은 없습니다. 글을 쓰는 내내 행복했습니다. 그리고 감사했습니다. 힘든 시간 뒤에는 주님의 더 큰 계획과 축복이 있음을 믿음으로 바라보시길 응원합니다.

—

2020년을 돌아보며

2021년을 기대하며

신현준

신현준의 소소한 이야기

사람과 사람과의
관계만큼 따뜻한 것은 없다

● ❱ ❱

20때에는 멋있는 역할이 좋았고요. 30대에는 여운을 주는 역할이

좋았습니다. 40대 이후로는 사람이 보이는 이야기들로 자연스럽게

시선을 돌리게 되었는데요. 의도하지 않았지만 나의 필모그래피가

그렇게 흘러 온 것처럼 사람으로서의 신현준도 그렇게 변해온 것

같습니다. 점점 더 사람이 좋고 사람을 통해서 많이 배웁니다. 사람과

사람 사이의 관계만큼 따뜻한 것은 없으니까요.

_MBC 라디오 〈잠깐만〉 캠페인 중에서

나 혼자만의 꿈보다
더 소중한 것

비교적 시간을 많이 소비해야 하는 영화보다 요즘은 시간을 조절할
수 있는 예능을 많이 합니다. 늦은 나이에 꾸린 가정 그리고 아이들과
많은 시간을 함께 하고 싶어서 하게 된 선택인데요. 영화는 어렵게
이룬 꿈이지만 잠시 미뤄둡니다. 집에 걸린 아빠 사진을 보고 아빠를
따라하겠다며 유치원에 갈 때마다 나비넥타이를 하는 아이를 보면서
나 혼자만의 꿈보다 더 소중한 것이 있다고 저는 믿습니다.

_MBC 라디오 〈잠깐만〉 캠페인 중에서

신현준의 소소한 이야기

거울은 먼저 웃어주지 않는다.　

제가 다니는 헬스장에 신발을 정리하는 할아버지가 계시는데요. 볼

때마다 항상 웃는 얼굴로 미소가 떠나지 않습니다. 그리고 마주칠

때 마다 "좋은 하루 되세요."라고 인사를 해주시는데요. 할아버지의

미소를 마주한 날은 제 입가에서도 미소가 떠나지 않게 되어 아주 좋은

하루가 됩니다. '거울은 먼저 웃어주지 않는다.'는 말이 있잖아요. 내가

먼저 웃으면 따뜻함은 배가 되어 돌아오는 것 같습니다.

_MBC 라디오 〈잠깐만〉 캠페인 중에서

대가 없이 나누는 정이
추운 세상을 따뜻하게 데운다.

●　❱　❱

의료혜택을 쉽게 받지 못하는 시골 노인 분들을 치료해드리는

프로그램을 5년째 하고 있는데요. 결혼을 하고 아이가 생기지 않아

고민하고 있는 저에게 직접 8년이나 기른 도라지를 챙겨주시던

할머니가 계셨어요. 지금도 갈 때마다 뭐든 챙겨주시려고 하시죠.

편찮으신 노인 분들을 치료하러 가지만 오히려 오래 묵은 따뜻한 정에

항상 제가 '힐링'을 하고 돌아옵니다. 대가 없이 나누는 정이 추운

세상을 따뜻하게 데우는 것 같습니다.

_MBC 라디오 〈잠깐만〉 캠페인 중에서

아내 만삭때 호·랑이와 함께 찍은 사진입니다.

유독 우리나라에서만 임신 출산으로 반려동물을 버리는 일이

흔합니다.

이유가, 강아지 고양이 때문에 임심이 안 되고 호흡기 질환 아토피가

심해진다는 것이데요. 아이와 반려동물을 함께 키우고 있는 분들의

이야기를 들어보면 아이들이 오히려 알레르기 반응에도 강하고,

책임감과 배려심이 깊고, 도움이 필요한 친구를 외면하지 않는 따뜻한

아이로 크고 있다고 합니다. 만약에 임신 중이나 출산 후에 반려견과

함께 지내도 되는지 고민을 하시는 분이 계신다면 제 글이 도움이 되길

바랍니다.

울림

251

신현준의 소소한 이야기

사랑해서 함께한 게 아니야.

더 사랑하려고 함께 하는 거야.

_영화, UP 중에서

개인 컵 사용하기

심각해진 환경을 생각해서,

일회용 컵 대신 사무실에는 개인 컵,

외출할 때는 개인 물병 하나 가지고 다녀주세요.

작은 습관이 하나뿐인 지구를 지키는 길이에요.

One of the things you can do on a daily basis is to carry

your own reusable cup for coffee and water.

Switching disposable cups for reusable will help save earth

위대한 유산

나에게 위대한 유산은 내 부모님이 물려주신

믿음과 기도입니다.

모든 겸손과 온유로 하고

오래 참음으로 사랑 가운데서 서로 용납하고

서로 친절하게 하며 불쌍히 여기며,

서로 용서하기를 하나님이 그리스도 안에서

너희를 용서하심과 같이 하라.

그리스도께서 너희를 사랑하신 것 같이

너희도 사랑 가운데서 행하라.

너희가 전에는 어둠이더니,

이제는 주 안에서 빛이라.

빛의 자녀처럼 행하라.

_에베소서 4:2 4:32 5:2 5:8

가정은 나의 대지이다

● ❯ ❯

가정은 나의 대지이다.

나는 거기에서 나의 정신적인 영양을 섭취하고 있다

_펄 벅

신현준의 소소한 이야기

울림

—

초판인쇄 2020년 12월 11일
초판발행 2020년 12월 18일

—

지은이 신현준
발행인 조용재

—

펴낸곳 도서출판 북퀘이크
마케팅 북퀘이크 마케팅 팀, 프로방스 서포터즈 1기, 백소영
편집 권표
디자인 북퀘이크 디자인팀 – 실장 홍은아
사진 표지 – 박찬묵 작가, 본문 – 박중화 작가, 써드마인드 김보하 작가,
스튜디오 디올리아, 루브르쁘띠 홍혜전 작가, 김승완 작가

—

주소 경기도 고양시 일산동구 장백로 8 넥스빌 704 호
전화 031-925-5366~7
팩스 031-925-5368
이메일 yongjae1110@naver.com
등록번호 제 2018-000111 호
등록 2018년 6월 27일

—